講談社文庫

消えた戦友(上)

リー・チャイルド｜青木 創 訳

BAD LUCK AND TROUBLE
by
LEE CHILD
Copyright © 2007 by Lee Child

Japanese translation rights arranged with Lee Child
c/o Darley Anderson Literary, TV & Film Agency, London
through Tuttle-Mori Agency, Inc., Tokyo

目次

実在のフランシス・L・ニーグリーに

消えた戦友

(上)

●主な登場人物〈消えた戦友　上〉

ジャック・リーチャー　家も車も持たず、放浪の旅を続ける元憲兵隊指揮官。

カルヴィン・フランツ　元特別捜査官。リーチャーの同期。何者かに殺された。

フランシス・ニーグリー　元特別捜査官。シカゴで警備会社を経営。

ジョージ・サンチェス　元特別捜査官。ラスヴェガスで警備会社を経営。

マニュエル・オロスコ　元特別捜査官。サンチェスの共同経営者。

カーラ・ディクソン　元特別捜査官。ニューヨークで法廷会計の仕事に従事。

デイヴィッド・オドンネル　元特別捜査官。ワシントンＤＣで私立探偵を営む。

トニー・スワン　元特別捜査官。軍需企業ニューエイジの保安部副部長。

マーガレット・ベレンソン　同人事部長。

カーティス・モーニー　ロサンゼルス郡の保安官。

ダイアナ・ボンド　連邦議員秘書。ニーグリーの知人。

1

　男の名はカルヴィン・フランツといい、ヘリコプターはベル２２２だった。フランツは両脚を骨折していたから、担架にストラップで固定して乗せなければならなかった。むずかしい作業ではない。法人や警察向けに設計されたベル２２２はツインエンジン搭載の広々としたヘリコプターで、乗客は座席が四列仕様なら七人まで乗れる。側面後部のドアはパネルバンのリアドア並みに大きく、あけ放てる。この機の座席は三列仕様で、しかもその中列の座席が撤去されている。フランツを床に寝かせるスペースは充分にあった。

　ヘリコプターはアイドリング中だ。ふたりの男が担架を運んできた。男たちはローターから吹きおろす風の下で首をかがめながら、ひとりは後ろ向きに、もうひとりは前向きに足を急がせた。開いたドアの前まで来ると、後ろ向きに歩いていた男が片側の持ち手をドアの下枠に載せ、身を低くしたまま離れた。もうひとりの男が前に進んで担架を強く押し、機内に滑りこませた。フランツは目を覚まし、痛みに襲われた。

悲鳴をあげて少し暴れたが、胸と両腿をストラップできつく締めつけられていたから、たいして動けなかった。ふたりの男はフランツのあとからヘリコプターに乗りこみ、撤去された列の後ろの座席にすわって、ドアを閉めた。

そして待った。

パイロットも待った。

三人目の男が灰色のドアから出てきて、コンクリートの上を歩いた。ローターの下で身をかがめ、ネクタイが風ではためかないように手のひらを胸にあてている。そのしぐさはみずからの無実を訴える犯罪者のように見えた。男はベル２２２の長い機首をまわりこんで、前列の座席のパイロットの隣に乗りこんだ。

「行け」男は言い、うつむいてシートベルトのバックルに意識を集中した。

パイロットはエンジンの出力をあげ、アイドリング中のローターのブンブンというゆるやかな音がバタバタバタバタというせわしない連続音に変わり、やがてそれも甲高い排気音に掻き消された。ベル２２２は垂直に離陸し、左に少し横滑りしてわずかに向きを変えてから、車輪を格納し、三百メートル上昇した。そこで機首を沈め、轟音をあげながら北へ高速で飛行した。道路や、サイエンスパークや、小さな工場や、郊外に点在するこぢんまりとした町並みが下を流れていく。煉瓦や金属の外壁が夕陽を赤く照り返している。小さなエメラルドグリーンの芝生やターコイズブルーのスイミングプールが残照を受けてきらめいている。

前列の座席の男が言った。「行き先はわかっているな？」

パイロットは無言でうなずいた。

ベル２２２は北東に針路を変え、高度を少しあげて、暗闇へ突き進んだ。白い光が西へ、赤い光が東へゆっくりと流れているハイウェイのはるか上を通過する。ハイウェイから北へ一分も飛ぶと、開発された地域はそれで終わりとなり、低木が生えた不毛な無人の低い丘が取って代わった。沈みゆく日に面した斜面はオレンジ色に輝き、谷や日陰はくすんだ褐色を呈している。じきに丘も終わりとなり、なだらかな小山が取って代わった。下の地形に合わせて上昇と下降を繰り返しながら、ベル２２２は飛びつづけた。前列の座席の男が体をひねり、後ろの床に横たわっているフランツを見おろした。そして軽く笑みを浮かべて言った。「あと二十分ぐらいだろう」

フランツは返事をしなかった。激痛でそれどころではなかった。

ベル２２２の最高速度は時速二百六十キロに達するから、二十分後には八十六キロ以上進み、小山を越えて何もない砂漠のただ中を飛んでいた。パイロットは機首を起こし、少し減速した。前列の座席の男は窓に額を押しつけ、下の暗闇に目を凝らした。

「現在地は？」男は訊いた。

　パイロットは言った。「この前と同じ場所です」

「正確に同じか？」

「だいたい同じです」

「下はどうなっている？」

「砂地です」

「高度は？」

「約千メートル」

「ここの大気の状態は？」

「安定しています。上昇気流が少しありますが、風はありません」

「安全か？」

「航空学的には」

「よし、やるぞ」

　パイロットはさらに減速して機の向きを変え、砂漠の千メートル上空でホバリングした。前列の座席の男はふたたび体をひねり、後ろのふたりの男に合図した。ふたりはシートベルトをはずした。ひとりがフランツの脚をよけながら前かがみで進み、垂れたシートベルトを一方の手で固く握りながら、ドアの掛け金をもう一方の手ではずした。操縦席から横目でそれを見届けたパイロットがベル２２２を少し傾けると、ドアが自重で開ききった。パイロットは機を水平に戻し、時計まわりにゆるやかに回転させて、遠心力と風圧でドアが大きく開いた状態を保つようにした。後ろにいたもうひとりが前かがみでフランツの頭側に行き、担架を持ちあげて四十五度傾けた。ひとり目の男が担架の反対側の枠に靴を押しつけ、床を滑っていかないようにする。ふたり目の男は重量あげの選手のように腕を突っ張り、担架をほぼ垂直に起こした。フランツの体がストラップにもたれかかる。フランツは大男で、目方がある。そして必死になっている。脚は使い物にならないが、上半身は力強く、筋肉が張り詰めている。頭はせわしなく左右に向けられている。

ひとり目の男が振り出しナイフを手に取り、刃（やいば）を出した。のこぎりのように使って、フランツの腿（もも）のストラップを切断する。それから一拍置いて、胸のストラップも切り裂いた。すばやい一動作で。同時に、ふたり目の男が担架を押しあげて完全に直立させた。フランツが反射的に一歩進み出る。折れた右脚で。一度だけ短い悲鳴をあげてから、本能的にもう一歩進み出る。折れた左脚で。両腕をばたつかせながら前に倒れ、動かない腰を支点にして上半身が梃子（てこ）の働きをし、あけ放たれたドアから全身がほうり出された。騒音に満ちた暗闇の中へと。ローターから吹きおろす強風の中へと。夜の中へと。

砂漠の千メートル上空で。

しばらくのあいだ、沈黙に包まれた。エンジン音でさえ消えたかに思える。パイロットがベル222の回転方向を反転させ、機体を逆に傾けると、ドアが隙間なく閉まった。ふたたびエンジンの回転数があがり、ローターが空気を切り裂き、機首が沈む。

ふたりの男は這(は)うようにして自分たちの座席に戻った。

前列の座席の男が言った。「さあ、帰るぞ」

2

十七日後、ジャック・リーチャーはオレゴン州のポートランドにいて、懐が寂しかった。ポートランドにいたのは、リーチャーだってどこかにはいるに決まっていて、二日前に乗ったバスがここに停まったからだった。懐が寂しかったのは、警察官がたむろしているバーでサマンサという名の地方検事補と知り合い、二度泊めてもらう前に二度食事をおごったからだった。サマンサはもう出勤したので、リーチャーはその家を出て、朝の九時にダウンタウンのバスターミナルへ歩いて向かっていた。シャワーを浴びた髪はまだ濡れていたが、満ち足りてくつろいだ気分だった。目的地はまだ決まってなく、ポケットの中の紙幣はごくわずかな厚みしかなかった。

二〇〇一年九月十一日の同時多発テロ事件は、リーチャーが生活を送るうえでもふたつの変化をもたらした。第一に、いまでは折りたたみ式の歯ブラシだけでなくパスポートも携帯している。この新たな時代は写真付きの身分証が必要になるときがあまりにも多く、ほぼどんな形の旅でもそうだった。リーチャーは隠遁者ではなく放浪者であり、ひとところにとどまっていられない性分で、反社会的というわけでもなかったから、時代の流れに潔く従った。

そして第二に、銀行の利用法が変わった。軍を退役してから長いあいだ使っていたのは、ヴァージニア州の銀行に電話をかけ、ウエスタンユニオンの送金サービスで現在地に送金してもらうという方法だった。しかし、テロリストの資金調達に利用されかねないという新たな懸念が生まれたために、銀行の電話取引サービスはほぼ廃止された。それでリーチャーもＡＴＭカードを作った。パスポートにはさんで持ち運び、暗証番号は８１９７にしてある。リーチャーは自分のことを才能には乏しいがさまざまな能力を持っている男だと思っている。その能力の大半は身体的なもので、並はずれた体格と力に関係しているが、時計を見ずとも時刻がいつもわかるという能力もあるし、サヴァン症候群に近い計算能力もある。８１９７にしたのもそれが理由だ。97は二桁の素数の中で最大のものだという理由で好きだし、81は文字どおり無限に存在する数の中で、平方根が各位の和に等しい唯一無二の数だという理由で大好きだ。81の平方根は9で、8と1を足せば9となる。宇宙には謎めいた数がいくつもあるが、これほど美しく調和した数はほかにない。完璧な数だ。

数字に対するこだわりと、金融機関に対する根っからの不信感のせいで、リーチャーは現金を引き出すたびに預金残高を確かめずにはいられない。そのときはＡＴＭ手数料を引くのを忘れないし、三ヵ月ごとにわずかな利息を足すのも忘れない。疑っているにもかかわらず、金をだましとられたことは一度もない。預金残高はいつだって予想どおりだ。驚いたり、うろたえたりしたことはこれまでにない。

しかし、その朝のポートランドではじめて驚くことになった。ただし、必ずしもうろたえなかった。預金残高は予想より千ドルも多かったからだ。

暗算すると、正確には千三十ドル多い。明らかに手ちがいだ。銀行の。まちがった口座に入金している。こういう手ちがいは訂正される。この金をもらえることはないだろう。リーチャーは楽天家だが、愚か者ではない。別のボタンを押し、簡易取引明細書とかいうものの発行を要求した。薄い紙片が一枚、スロットから出てきた。かすれた灰色の印刷で、直近五件の口座取引が列挙されている。三件はＡＴＭからの現金の引き出しで、はっきりと覚えている。一件は銀行から最近支払われた利息だ。残りの一件は、三日前に千三十ドルが入金されたことを示している。これだ。紙片は小さすぎて貸方と借方を別々の列に表記できず、入金額が括弧の中にそのまま明記されている――（1030.00）と。

千三十ドル。

１０３０。

興味深い性質のある数字ではないが、リーチャーはしばらくそれを見つめた。言うまでもなく、素数ではない。2より大きい偶数は素数ではありえない。平方根は？明らかに32よりわずかに大きい。立方根は？ 10・1よりわずかに小さい。約数は？多くはないが、5と206があるし、簡単な10と103があるし、さらに初歩的な2と515がある。

1030。

千三十。

手ちがいだ。

おそらく。

あるいは、手ちがいではないのかもしれない。

ATMから五十ドル引き出し、ポケットに手を突っこんで小銭を探りながら、公衆電話を探しにいった。

公衆電話はバスターミナル内にあった。暗記している銀行の電話番号を押す。西部が九時四十分なら、東部は十二時四十分だ。ヴァージニア州は昼食どきということになるが、電話番ぐらいいるだろう。

いた。前に話したことはないが、有能そうな口調の女だ。昼食休憩の穴を埋めるために引っ張り出された非営業部門の管理職かもしれない。女は名乗ったが、聞きとれなかった。つづいて女は、相手に自分は大切な客なのだと思いこませるために用意されたお決まりの長い前口上を述べた。リーチャーはそれが終わるまで待ってから、入金の件を尋ねた。得をしているにもかかわらず、客がわざわざ銀行の手ちがいではないかと問い合わせてきたことに女は驚いた。

「手ちがいではないかもしれない」リーチャーは言った。

「その入金にお心当たりはないのですね？」女は尋ねた。

「ああ」

「第三者がお客様の口座にたびたび入金することもないのですね？」

「ああ」

「そういうことでしたら手ちがいだと思いますが。お客様もそうお考えではないのですか？」

「だれが入金したか知りたい」

「理由をうかがっても？」

「説明するには時間がかかる」

「お聞かせいただかないと」女は言った。「守秘義務にかかわってきますので。銀行の手ちがいによって、あるお客様の個人情報を別のお客様に漏らしてしまったら、あらゆる規則や規定や職業倫理に違反しかねません」

「これはメッセージかもしれないんだ」

「メッセージ？」

「過去からの」

「理解しかねるのですが」

「かつてわたしは憲兵だった」リーチャーは言った。「憲兵の無線通信ではコードが用いられる。憲兵が同僚に応援を要請するとき、10－30という無線コードを使う。わたしの言っていることがわかるか？」

「いいえ、よくわかりません」

リーチャーは言った。「入金した人物がわたしの知り合いでなかったら、千三十ドル相当のまちがいをしただけだろう。しかし、わたしの知り合いだったら、助けを求めている可能性がある」

「まだ理解しかねるのですが」

「書き出したものを見てくれ。千三十ドルではなく、10－30という無線コードかもしれない。紙に書いたものを見てくれ」

「助けを求めているのなら、お客様に電話をかければ済んだのでは？」

「わたしは電話を持っていない」

「それならEメールは？　電報や手紙という手もあります」

「そのどれも宛先にあたるものを持っていない」

「でしたらふだんはどうやってお客様に連絡をとっているのです？」

「連絡はとっていない」

「口座に入金するというのはとても変わった連絡方法だと思いますが」

「唯一の方法かもしれない」

「非常に困難な方法でもありますね。お客様の口座を突き止めなければならないのですから」

「わたしが言いたいのもそこだ」リーチャーは言った。「頭が切れ、機知に富んだ人物でなければそんなことはできない。そして頭が切れ、機知に富んだ人物が助けを求めなければならなくなったのなら、よほどの窮地に陥っている」

「それに、費用もかかります。千ドル以上も自腹を切るのですから」

「そのとおりだ。この人物は頭が切れ、機知に富んでいて、必死に助けを求めている」

回線の向こうで沈黙が流れた。やがて――「お心当たりのある人物をリストアップして、ひとりひとり問い合わせてみるわけにはいかないのですか？」

「わたしの同僚は頭の切れる人物が多かった。そのほとんどは大昔にいっしょに働いたきりだ。ひとりひとり連絡をつけようとすれば、何週間もかかる。それでは手遅れになるかもしれない。どのみち、わたしは電話を持っていない」

さらなる沈黙。ただし、キーボードを叩く音が聞こえる。

リーチャーは言った。「調べてくれているのか？」

女は言った。「ほんとうはこんなことをしてはいけないのですが」

「告げ口したりしないさ」

電話から何も聞こえなくなった。キーボードを叩く音もやんでいる。目の前の画面に名前が表示されたのだろう。

「教えてくれ」リーチャーは言った。

「どうやって？」

「おいそれとお教えするわけにはいきません。ご協力いただかないと」

「手がかりをおっしゃってください。それなら、言われるままに情報を漏らしたことにはならないので」

「手がかりというと？」

女は訊いた。「そうですね、その人物は男性ですか、それとも女性ですか」

リーチャーは軽く笑みを浮かべた。答は問いそのものの中にある。女だ。そうにちがいない。頭が切れ、機知に富んだ女で、想像力と水平思考力も兼ね備えている。しかも、足したり引いたりしたがる自分の衝動を知っている。

「あてみよう」リーチャーは言った。「入金元はシカゴだ」

「ええ、シカゴの銀行から個人小切手で入金されています」

「ニーグリー」リーチャーは言った。

「そのお名前で記録されています」女は言った。「フランシス・L・ニーグリーと」

「それなら、このやりとりは忘れてくれ」リーチャーは言った。「銀行の手ちがいではない」

3

リーチャーは軍に十三年間在役したが、ずっと憲兵として服務した。そのうちの十年間はフランシス・ニーグリーと知り合いで、そのうちの七年間はときどき組んで仕事をした。リーチャーは士官であり、少尉から中尉、大尉、少佐へと昇進したのち、いったん大尉に降格し、また少佐に戻った。ニーグリーは軍曹より上の階級への昇進を頑（かたく）なに拒んだ。士官候補生学校への入校を検討しようともしなかった。理由はよくわからない。十年の付き合いになるのに、リーチャーがニーグリーについて知らないことはたくさんあった。

とはいえ、知っていることもたくさんある。ニーグリーは頭が切れ、機知に富み、手抜かりがない。そしてとてもタフだ。そして珍しいほど遠慮がない。人付き合いでそうなのではない。ニーグリーは人付き合いを避ける。孤独を愛し、身体的にも感情的にもとにかく親密になるのをいやがる。その遠慮のなさは仕事に表れる。何かが正しいと思ったり、必要だと思ったりしたら、妥協しない。政治だろうと、実務だろうと、礼儀だろうと、民間人が法律と呼ぶものだろうと、何物もニーグリーを妨げることはできない。あるとき、リーチャーはニーグリーを特別捜査部隊に引き抜いた。ニーグリーはそこで大きな役割を果たし、きわめて重要な二年間を送った。ほとんどの人は部隊がときおり成し遂げためざましい成功をリーチャーの指導力のおかげだと見なしたが、リーチャー自身はニーグリーの存在のおかげだと考えていた。リーチャーはニーグリーに大いに感心していた。ときには恐ろしくなるほどに。

そのニーグリーが応援を求めているのなら、車の鍵をなくしたからではない。

ニーグリーはシカゴで民間警備会社の仕事をしている。それは知っている。少なくとも、最後に接触した四年前はそうだった。ニーグリーはリーチャーの一年後に軍を退役し、知人と事業をはじめた。身分は従業員ではなく、共同経営者だろう。

またポケットに手を突っこみ、二十五セント硬貨をさらに出した。長距離電話の番号案内にかける。シカゴを調べるよう頼む。記憶していた会社名を伝える。人間の案内係が自動音声に代わり、番号を教えた。電話を切り、ふたたびかけた。電話に出た受付係に、フランシス・ニーグリーにつなぐよう頼む。受付係はていねいに応対し、電話を保留にした。この感じからすると、想像していたより大きな会社のようだ。部屋はひとつきりで、窓は薄汚れ、使い古した机が二脚と詰めこみすぎのファイルキャビネットが置かれているようなオフィスを予想していた。しかし、受付係の落ち着いた声や電話の操作音や保留中の静かな音楽は、ずっと大きな空間だと物語っている。ふたつの階を占め、涼しげな白い廊下が延び、壁には絵が掛けられ、内線電話の番号一覧まであるかもしれない。

男の声が電話に出た。「フランシス・ニーグリーのオフィスです」

リーチャーは訊いた。「ニーグリーはいるか？」

「お名前をうかがってもよろしいですか」

「ジャック・リーチャー」

「よかった。ご連絡ありがとうございます」

「あんたは？」

「わたくしはミズ・ニーグリーのアシスタントです」

「ニーグリーにアシスタントがいるのか？」

「はい」

「ニーグリーはいるか？」

「ロサンゼルスへ移動中です。いまごろは空の上でしょう」

「わたし宛に伝言はないか？」

「なるべく早くお会いしたいとのことです」

「シカゴで？」

「ミズ・ニーグリーは少なくとも二、三日はロサンゼルスに滞在します。そちらへ向かわれたほうがよろしいかと」

「どんな用件なんだ？」

「わたくしは存じません」

「仕事がらみなのか？」

「それは考えられません。仕事がらみでしたら、ミズ・ニーグリーはまずファイルを作ったはずです。そして社内で検討したでしょう。他人に接触するとは思えません」

「わたしは他人ではないぞ。ニーグリーとの付き合いはあんたより長い」

「それは失礼しました。存じませんでした」

「ニーグリーはロサンゼルスのどこに滞在する？」

「それも存じません」

「だったらどうやって見つければいい？」

「あなたなら捜し出せるとミズ・ニーグリーは言っていました」

リーチャーは訊いた。「これはテストか何かなのか？」

「見つけられなければ用はないと言っていました」

「ニーグリーは無事なのか？」

「気がかりなことがあるようでした。しかし、その内容までは聞いておりません」

リーチャーは受話器を耳にあてたまま、壁に背を向けた。金属で覆った電話のコードが胸に巻きつく。アイドリング中のバスと発車標に目をやった。「ニーグリーはわたし以外のだれに接触した？」と尋ねる。

男は言った。「名前のリストがあります。こちらに連絡してきたのはあなたが最初です」

「ニーグリーはロサンゼルスに着いたらあんたに連絡するのか？」

「おそらく」

「わたしが向かっていると伝えてくれ」

4

リーチャーはバスターミナルからシャトルバスでポートランド空港に行き、ユナイテッド航空のロサンゼルス空港行きの片道航空券を買った。パスポートを身分証として使い、ATMカードをデビットカードとして使った。片道の当日運賃はとんでもなく高かった。アラスカ航空ならもっと安いだろうが、リーチャーはアラスカ航空が大嫌いだった。機内食のトレーに聖書の文句を引用したカードが載っているからだ。あれを見ると食欲が失せてしまう。

空港の保安検査は楽なものだった。機内持ちこみの手荷物は何ひとつない。ベルトも、鍵も、携帯電話も、腕時計もない。小銭をプラスチック製のトレーに入れ、靴を脱いで金属探知機を通るだけでよかった。はじめから終わりまで三十秒。それから小銭をまたポケットに入れ、靴をまた履いて、搭乗ゲートへ向かった。ニーグリーのことを考えながら。

仕事がらみではない。したがって、私用ということになる。だが、リーチャーの知るかぎり、ニーグリーに私用などというものはない。私生活すらない。昔から。ニーグリーだってありふれた些事やありふれた問題はかかえているだろう。それはだれでも同じだ。しかし、そういったことでニーグリーが助けを必要とするとは思えない。騒々しい隣人？　まともな人間なら、フランシス・ニーグリーと短いやりとりを一度しただけで、ステレオを売り払うだろう。あるいは慈善団体に寄付するだろう。近所の麻薬密売人？　朝刊の片隅に小さな記事が載るだけだろう。ナイフで何度も刺された死体が路地で発見され、珍しく容疑者がいないという記事が。ストーカー？　シカゴの電車の痴漢？　リーチャーは身震いした。ニーグリーはさわられるのを嫌う。理由はよくわからない。だが、たまたま軽く触れた程度でないかぎり、相手は腕を一本折られてもおかしくはない。もしかしたら二本とも。

それなら、ニーグリーはどんな問題をかかえている？

過去、すなわち軍だろう。

名前のリスト？　かつてのおこないの報いを受けているのかもしれない。リーチャーにとって、軍にいたのは大昔のように思える。別の時代の、別の世界。別のルール。だれかがきょうの基準をきのうの状況に当てはめ、何か文句を言っているのかもしれない。内部調査が遅れに遅れてはじまったのかもしれない。リーチャーの特別捜査部隊は何度も強引な捜査をおこない、何人も痛めつけた。だれかが、もしかしたらニーグリー自身が、うたい文句を考えついたくらいだ——特別捜査官にはけっして喧嘩を売ってはならない。それは宣言や警告として何度も繰り返された。無表情で、大真面目に。

いま、だれかが実際に特別捜査官に喧嘩を売っているのかもしれない。召喚状や起訴状が飛び交っているのかもしれない。しかし、だとしてもなぜニーグリーが自分を巻きこもうとする？　リーチャーはアメリカにいる人間に可能な範囲では、最も居所を突き止めるのがむずかしい。ニーグリーは知らん顔をして、元上官をほうっておけばいいのでは？

リーチャーはかぶりを振ってそれ以上考えるのをやめ、飛行機に乗りこんだ。

機内の時間はロサンゼルスのどこにニーグリーが潜んでいるかを解き明かすことに使った。かつては人捜しが仕事の一部だったし、リーチャーはそれが得意だった。成功の鍵は共感だ。相手のように考え、相手のように感じろ。相手の見るものを見ろ。自分を相手の立場に置け。相手になりきれ。

もちろん、無届離隊した兵士を捜し出すのはやさしい。そういう兵士はあてがないので、独特の単純な決断をくだす。また、どこかをめざすのではなく、どこかから逃れようとする。無意識の地理的パターンのようなものに従うときも多い。東から街にはいったのなら、西に潜もうとする。自分と追っ手とのあいだに集団を置こうとする。リーチャーは地図とバスの時刻表と職業別電話帳を一時間調べたすえに、兵士はここで見つかると、ブロック単位で予言したことが何度もある。モーテル単位でも。

ニーグリーを捜し出すのはむずかしい。どこかへ向かっているからだ。そこが私用のある場所ということになるが、それがどこかも、何かもわからない。ならば第一原則に従うしかない。自分はニーグリーについて何を知っている？　何が決め手になる？　ニーグリーは締まり屋だ。貧乏あるいは吝嗇だからではなく、必要のないものに金を使うのは無意味だと思っているからだ。そしてニーグリーは多くを必要としない。ターンダウンサービスも、枕の上のミントチョコレートも必要としない。ルームサービスも、翌日の天気予報も必要としない。ふんわりとしたバスローブも、熱溶着したセロファンで包装した無料のスリッパも必要としない。必要なのはベッドと施錠できるドアだけだ。そしてそれは雑踏や物陰にまぎれやすく、匿名性が高く、安っぽく、短期滞在者向けの、バーテンダーやフロント係の記憶力が悪い地区にあるだろう。

となれば、ダウンタウンは候補からはずれる。ベヴァリーヒルズでもない。

それならどこだ？　広大なロサンゼルスのどこなら、ニーグリーにとって居心地がいい？

選択肢となる一般道路は三万三千キロ以上におよぶ。

リーチャーは自問した。自分ならどこに行く？

ハリウッドだ、と自答した。華やかな地区の少し南東。サンセット・ブールヴァードを反対側へ進んだあたり。

自分ならそこに行く。

ニーグリーもそこにいるはずだ。

ロサンゼルス空港への到着は少し遅れ、昼食どきをかなり過ぎていた。機内食のサービスはなかったから、リーチャーは腹をすかせていた。ポートランドの地方検事補のサマンサは朝食にコーヒーとブランマフィンを用意してくれたが、ずいぶん前のことのように思える。

腹ごしらえをするためにどこかに寄りはしなかった。そのままタクシー待ちの列に並び、韓国系の男が運転する黄色いトヨタのミニバンに乗りこんだ。運転手はボクシングの話をしたがった。リーチャーはボクシングに関してはまったくの門外漢で、興味もなかった。このスポーツのいかにも人為的なところが嫌いだった。詰め物をしたグローブや、上半身への攻撃のみ許されるというルールは、リーチャーの世界には存在しない。そしてリーチャーは口数も少ない。だから後部座席に黙ってすわり、運転手のおしゃべりを聞き流した。窓越しに午後の茶色い日差しを眺めた。ヤシの木、映画の広告板、一対のゴムのあとがどこまでも筋を作っている薄い灰色の車線。そしてあふれんばかりの車の流れ。どちらも黒の、新しいロールス・ロイスと古いシトロエン・DSが走っている。血のように赤いMGAと淡い青の一九五七年式サンダーバードはどちらもオープンカーだ。黄色い一九六〇年式のコルベットと緑の二〇〇七年式のコルベットが前後に連なっている。ロサンゼルスの車通りをしばらく眺めていたら、これまでに製造された自動車の全車種を拝めそうだ。

運転手は一〇一号線を北へ行き、サンセット・ブールヴァードから一ブロック離れたところで出口に進んだ。リーチャーは流出ランプでタクシーからおり、料金を払った。南へ歩き、左に曲がって東を向く。サンセット・ブールヴァードのこのあたりは安っぽい店がひしめき、大通りの両側におよそ一・二キロにわたって連なっている。南カリフォルニアの空気は熱く、埃(ほこり)とガソリンのにおいがする。身じろぎせずに立った。これから歩く可能性のある道のりは往復で二・四キロ、聞きこみをおこなうべきモーテルのフロントは一ダースはある。一時間はかかるだろう。もっとかかるかもしれない。腹がすいている。右前方に〈デニーズ〉の看板が見えた。レストランのチェーン店だ。何か食べてからとりかかろうと決めた。

駐車車両の脇を歩き、金網フェンスで囲まれた空き地の前を通り過ぎた。ごみやソフトボール大のタンブルウィードをまたぐ。長い橋を歩いて、一〇一号線をふたたび越えた。草の生えた路肩とドライブスルー用の脇道を突っ切り、〈デニーズ〉の駐車場にはいる。一列に並んでいる窓の前を進んだ。

店内のボックス席にひとりですわっているフランシス・ニーグリーの姿が見えた。

5

リーチャーはしばらく駐車場に立ったまま、窓越しにニーグリーを観察した。四年前に最後に会ってからあまり変わっていない。いまでは三十歳より四十歳に近いはずだが、そんなふうには見えない。髪は相変わらず長く、黒っぽく、つややかだ。目も相変わらず黒っぽく、生き生きとしている。体も相変わらず細く、しなやかだ。相変わらずジムでかなりの時間を過ごしているのだろう。それは明らかだ。袖がごく短いタイトな白いTシャツを着ているが、腕の体脂肪を見つけるためには電子顕微鏡が要りそうだ。体のそれ以外の部分でも。

少し日焼けしていて、それが肌の色に合っている。爪は手入れしてある。Tシャツは高級品のようだ。総じて、記憶にあるより金持ちのように見える。自分の世界で快適にくつろぎ、成功を収め、民間人の生活になじんでいる。一瞬、自分の安物の服と、すり減った靴と、床屋の下手な散髪に気恥ずかしさを覚えた。向こうは身を立てたのに、こちらはそうでないかのように。だが、古い友人に会えた喜びがそんな思いを追いやり、駐車場を歩いて入口へ行った。店にはいり、〝お席にご案内するまでお待ちください〟という標示の脇を抜けて、そのままニーグリーのいるボックス席に体を滑りこませた。ニーグリーはテーブル越しにリーチャーを見あげ、微笑した。

「ハロー」と言う。

「やあ」リーチャーは言った。

「昼食は食べる？」

「そのつもりだった」

「それなら注文しましょう。ようやく来てくれたことだし」

リーチャーは言った。「まるでわたしを待っていたような口ぶりだな」

「待っていたのよ。だいたい時間どおりだった」

「そうか？」

ニーグリーはまた微笑した。「あなたはオレゴン州ポートランドからわたしのアシスタントに電話をかけた。アシスタントが発信者番号を見ていたのよ。それでバスターミナルの公衆電話からだと突き止めた。あなたなら空港に直行するだろうと読んだ。そしてユナイテッド航空の便に乗るだろうと。あなたはアラスカ航空が大嫌いなはず。そのあとはタクシーでここに来る。到着予定時刻は簡単に予想できた」

「わたしがここに来ることまでわかっていたのか？　このレストランに来ることま

で？」

「昔、あなたから教わったようにね」

「わたしはきみに何も教えていない」

「教えたわよ」ニーグリーは言った。「覚えている？　相手のように考えろ、相手になりきれ。だからわたしは、わたしになりきっているあなたになりきった。わたしがハリウッドへ向かうとあなたは読んだ。それで、このサンセット・ブールヴァードから調べはじめるつもりだった。でも、ポートランドからのユナイテッド航空の便では機内食が出ないから、きっとあなたは空腹で、まず食事をしたがる。このブロックには候補となる店が二、三あるけど、この店の看板がいちばん大きいし、あなたは美食家でもない。だからここであなたと会うことに決めた」

「ここでわたしと会う？　わたしがきみを捜しているのだと思っていたが」

「そのとおりよ。そしてわたしは、わたしを捜しているあなたを捜していた」

「ほんとうにここに滞在しているのか？　ハリウッドに？」

ニーグリーは首を横に振った。「ベヴァリーヒルズよ。〈ウィルシャー〉に泊まっている」

「それなら、ここまでわたしをわざわざ迎えにきたのか？」

「十分前に着いたところ」

「〈ベヴァリー・ウィルシャー〉だって？　きみも変わったな」

「そうでもない。変わったのは世界のほう。安モーテルはいまのわたしの役には立たない。Eメールやインターネットやフェデックスのサービスが使えないと困るから。ビジネスセンターやコンシェルジュも」

「自分が時代遅れの人間のように感じるな」

「前よりはましよ。いまではATMを使っているわけだし」

「あれはうまい方法だった。預金残高でメッセージを伝えるというのは」

「あなたの教え方がうまかったから」

「わたしはきみに何も教えていない」

「よく言うわね」

「だが、金のかかりすぎる方法でもある」リーチャーは言った。「十ドル三十セントでも同じように伝わっただろう。10と30のあいだにピリオドがあるから、もっとわかりやすかったかもしれない」

ニーグリーは言った。「航空券代が必要かもしれないと思ったから」

リーチャーは何も言わなかった。

「言うまでもなく、わたしはあなたの口座を突き止めた」ニーグリーは言った。「そこから不正ログインして残高をのぞくのにたいして手間はかからない。あなたは金持ちじゃない」

「金持ちになりたいとは思わない」

「わかっている。でも、わたしの10‐30に対して身銭を切ってもらいたくはなかった。それは適切じゃない」

リーチャーは肩をすくめ、そういうことにしておいた。実際のところ、リーチャーは金持ちではない。実際のところ、貧乏に近い。貯金は減る一方で、ふたたび増やす方法を考えはじめるところにまで来ている。近いうちに二、三ヵ月ほど臨時雇いの仕事をすることになるかもしれない。あるいは何かほかの稼ぎやすい仕事を。ウェイトレスがメニューを持ってきた。ニーグリーはメニューを見ずにチーズバーガーとソーダを注文した。リーチャーもやはり迷ったりせずにツナメルトとホットコーヒーを頼んだ。ウェイトレスはメニューを回収して歩き去った。

リーチャーは言った。「それで、10‐30の理由を教える気はあるのか？」

返事代わりにニーグリーは身をかがめ、床に置いてあったトートバッグから黒い三穴バインダーを取り出した。テーブル越しにそれを渡す。検死報告書のコピーだ。

「カルヴィン・フランツが死んだ」ニーグリーは言った。「何者かに飛行機から突き落とされたとわたしは考えている」

6

〝過去、すなわち軍〟。カルヴィン・フランツは元憲兵であり、ちょうど同期で、リーチャーが在役していた十三年間、ほぼ対等の階級にいた。ふたりは将校仲間にありがちなように、あちらこちらで会った。一度に一日か二日ほど、世界のさまざまな場所で親しく過ごしたり、電話で相談したり、二件以上の捜査が交錯あるいは衝突したときに偶然再会したりした。その後、ともにパナマで重要な任務に就いた。充実した時間だった。期間はとても短かったが、中身はとても濃かった。ふたりは互いの中に、将校仲間というよりも本物の兄弟のように感じさせる何かを見ていた。リーチャーが不名誉な一時的降格から復帰し、特別捜査任務にあたる部隊の創設を指示されたとき、フランツの名前は指名リストの最上位近くにあった。それから二年間、ふたりは本物の独立部隊の一員としてともに過ごした。そして親友になった。が、軍ではよくあることだが、新たな命令がくだされ、特別捜査部隊は解散し、リーチャーがフランツと顔を合わせることは二度となかった。

だがそれも、この瞬間までの話だ。安っぽいレストランのべたつくラミネート天板の上に広げた三穴バインダーに、検死写真が綴じこまれている。

生前のフランツはリーチャーよりは小さかったが、ほかのほとんどの人より大きかった。百九十センチ、九十五キロといったところだろう。上半身がたくましく、腰の位置が低く、脚が短かった。ある意味では原始的だ。穴居人のように。だが全体としては、なかなかの男前だった。冷静で、勇敢で、有能で、そばにいるとくつろげた。その物腰は人を安心させるところがあった。

検死写真のフランツは無残だった。ステンレス鋼の台の上に全裸で横たわり、カメラのフラッシュがその肌を薄緑色に染めている。

無残だ。

とはいえ、死者がひどい見た目になっている場合は多い。

リーチャーは尋ねた。「これをどうやって入手した？」

ニーグリーは言った。「たいていのものなら入手できる」

リーチャーはそれに対しては何も言わず、ページをめくった。密に書きこまれた専門的情報から読みはじめる。死体の身長は百九十センチ半、体重は八十六キロと測定されている。死因は強い衝撃が加わった外傷による多臓器不全。両脚の骨が折れている。肋骨は砕けている。血中には大量のヒスタミンが放出されている。体は重度の脱水状態で、胃の内容物は胃液しかない。最近、体重が急減した証拠がいくつもあり、最近、食物を摂取した証拠はひとつもない。回収された衣服の付着物はありきたりなものばかりだが、ズボンの両脚の低い位置に正体不明の酸化鉄の粉末が擦りこまれている。膝の下、足首の上の、向こうずねに。

リーチャーは尋ねた。「フランツはどこで発見された？」

ニーグリーは言った。「ここから八十キロほど北東へ行った砂漠で。道路の路肩から百メートルほど離れた、小さな岩が転がる硬い砂地だった。出入りする足跡はなかった」

ウェイトレスが料理を持ってきた。リーチャーはトレーの料理がすべて配られるまで動きを止めた。それから左手でサンドイッチを食べはじめた。検死報告書をめくる右手を脂で汚さないために。

ニーグリーは言った。「車に乗っていた保安官補ふたりが、コンドルが何羽（なんわ）も旋回しているのを見た。それで調べにいった。歩いて。被害者は空から落ちてきたかのように思えると保安官補は語った。法医学者も同意見よ」

リーチャーはうなずいた。医師の結論には、千メートルほどの高さから自由落下し、硬い砂地に背中から叩きつけられたのなら、その衝撃は相当の強さとなり、観察された体内の損傷を引き起こしたとしてもおかしくないとある。フランツが落下中も生きていて、腕をばたつかせていたのなら、空気力学的に考えて、背中から叩きつけられた可能性はある。すでに死んでいたら頭から落ちただろう。

ニーグリーは言った。「指紋から身元が判明した」

リーチャーは訊いた。「きみはどうやって知った？」

「フランツの奥さんから電話があった。三日前に。フランツはわたしたち全員の名前を電話帳に書き留めておいたみたい。特別なページを作って。昔の仲間のページを。奥さんが連絡をとれたのはわたしだけだった」

「結婚していたとは知らなかったな」

「少し前のようね。四歳の子供がひとりいる」

「フランツは仕事をしていたのか？」

ニーグリーはうなずいた。「私立探偵になった。一匹狼（いっぴきおおかみ）の。もともとは企業に対して戦略的助言を与えていた。でも、最近では経歴調査ばかりだった。データベース関連ね。フランツの手抜かりのなさはあなたも知っているはず」

「場所は？」

「ここロサンゼルスよ」

「きみたち全員が私立探偵になったのか？」

「大半がなったと思う」

「わたしを除いて」

「金になる特技はそれくらいしかなかったのよ」

「フランツの奥さんはきみに何を頼んだ？」

「何も。ただの訃報だった」

「答を知りたがっていないのか？」

「警察が捜査している。正確には、ロサンゼルス郡保安官事務所が。フランツの発見場所は、厳密にはロサンゼルス郡内なのよ。ロサンゼルス市警の管轄外だから、地元の保安官補二、三人が担当している。飛行機の線から調べているようね。ラスヴェガスを飛び立ち、西へ向かっていた飛行機だった可能性があると考えている。同じような事件が前にもあったみたい」

リーチャーは言った。「飛行機ではないぞ」

ニーグリーは何も言わない。

リーチャーは言った。「飛行機には失速速度があるだろう？　時速百六十キロぐらいか？　百三十ぐらいか？　フランツは機外に出たとたんに水平に流されてスリップストリームに吸いこまれてしまう。そして主翼か尾翼に叩きつけられる。死亡直前の外傷が見られたはずだ」

「フランツは両脚を骨折していた」

「千メートル自由落下するのにどれくらいの時間がかかる?」

「二十秒?」

「フランツの血中には大量のヒスタミンが放出されていた。これは激痛に対する反応だ。外傷を負ってから死亡するまで二十秒では、この反応ははじまりもしなかっただろう」

「つまり?」

「両脚の骨折はもっと前だ。少なくとも二、三日は前だろう。もっと前かもしれない。酸化鉄が何かは知っているな?」

「錆よ」ニーグリーは言った。「鉄にできる」

リーチャーはうなずいた。「何者かがフランツの脚を鉄の棒で折った。おそらく一度に一本ずつ。おそらく柱に縛りつけて。向こうずねを狙って。骨を折り、錆の粉をズボンの生地に擦りこむほど強く。地獄のように痛かったにちがいない」

ニーグリーは何も言わない。

「おまけに、犯人はフランツを飢えさせた」リーチャーは言った。「水も飲ませなかった。フランツは十キロ近くも痩せていた。二、三日間、囚われの身だったのだろう。もっと長くかもしれない。犯人はフランツを拷問していた」

ニーグリーは何も言わない。

リーチャーは言った。「使われたのはヘリコプターだ。おそらく夜間だろう。千メートル上空で静止し、ホバリングしていた。フランツはドアからまっすぐ落ちた」目を閉じ、闇の中、二十秒かけて旧友が落ちていくさまを想像した。回転し、両腕をばたつかせ、地面がどこにあるかもわからない。いつ地面に激突するかもわからない。砕けた両脚を体が引っ張り、激痛に襲われている。

「したがって、ラスヴェガスを飛び立った機ではないな」リーチャーは言った。目をあける。「往復するのなら、ほとんどのヘリコプターは航続距離が足りない。おそらくロサンゼルスから北東に飛んだのだろう。保安官補たちは見当ちがいのことをしている」

ニーグリーは黙ってすわっている。

「コヨーテの餌か」リーチャーは言った。「完璧な処分法だ。タイヤ痕や足跡は残らない。落下中の気流で体毛や繊維は吹き飛ばされる。法科学の出番はない。フランツを生きたまま突き落としたのもそれが理由だ。射殺してから落とすこともできたが、弾道学的証拠を残す危険は冒したくなかったのだろう」

リーチャーは長いこと黙っていた。それから黒いバインダーを閉じ、向きを逆にして、テーブル越しに押し戻した。

「だが、きみだってこれくらいは承知のはずだ」と言う。「そうだろう？　きみだって字は読める。またわたしをテストしていたんだな。わたしの頭がいまでもまともに働くかどうかを確かめるために」

　ニーグリーは何も言わない。

　リーチャーは言った。「わたしは手玉にとられているわけだ」

　ニーグリーは何も言わない。

　リーチャーは訊いた。「なぜわたしをここまで呼び出した？」

「あなたの言ったように、保安官補たちが見当ちがいのことをしているからよ」

「だから？」

「何か手を打たないと」

「手は打つさ。それは請け合う。犯人はもう死んだも同然だ。わたしの友人をヘリコプターから突き落とすようなやつらは生かしておけない」

　ニーグリーは言った。「そうじゃなくて、ほかにしてもらいたいことがある」

「というと？」

「昔の部隊をまた集めてもらいたいのよ」

7

〝昔の部隊〟。それはいかにもアメリカ陸軍らしい産物だった。そのような部隊が必要であることがほかのだれの目にも明らかになってからおよそ三年後、国防総省(ペンタゴン)も検討をはじめた。委員会やら会議やらでさらに一年が過ぎてから、背広組と制服組の大物たちが設立案を承認した。だれかの机の上に案がほうられ、それを実現するための狂騒がはじまった。命令がいくつも作成された。もちろん、まともな指揮官ならそんなものにかかわりたくはなかったから、新しい部隊は第一一〇憲兵隊から抽出された。成功を期待されたが、失敗は隠蔽しなければならなかったので、指揮官には腕利きのはみ出し者が求められた。

リーチャーが選ばれたのは当然だった。

お偉方はリーチャーを少佐に復帰させれば褒美になると考えたが、本人が何より満足したのは、今度こそやるべきことをやる機会を与えられたことだった。それも自分なりのやり方で。部下の人選は一任された。リーチャーは喜んだ。特別捜査部隊には

軍で最も優秀な人材が必要になるし、それがだれで、いまどこにいるかもわかってい
る。迅速さと柔軟さを重視するなら小規模な部隊のほうが好ましいし、情報漏れを防
ぐためにも事務職の補佐は要らない。各自の書類仕事は必要なら各自でやれるだろう
し、やれなくてもいい。結局、自分の名前に加えて、八人の名前に落ち着いた――ト
ニー・スワン、ジョージ・サンチェス、カルヴィン・フランツ、フランシス・ニーグ
リー、スタンリー・ロウリー、マニュエル・オロスコ、デイヴィッド・オドンネル、
カーラ・ディクソンだ。ディクソンとニーグリーだけが女性で、ニーグリーだけが下
士官だった。ほかはみな士官だ。オドンネルとロウリーは大尉、それ以外は少佐だっ
たから、一貫した指揮系統という点ではでたらめだったが、リーチャーは気にしなか
った。九人が密接に協力すれば、縦方向ではなく横方向に機能するはずで、結局はそ
のとおりになった。部隊は優勝できそうもないペナントレースを楽しむ弱小球団のよ
うな組織になった。才能のある職人が協力し、スターもいなければエゴもなく、助け
合い、そして何より、仮借なく、容赦なく務めを果たした。

リーチャーは言った。「あれは大昔のことだ」

「何か手を打たないと」ニーグリーは言った。「わたしたち全員で。力を合わせて。
特別捜査官にはけっして喧嘩を売ってはならない。覚えているわよね？」

「それはただのスローガンだ」

「いいえ、事実だった。わたしたちのよりどころだった」

「士気を高めたかったにすぎない。虚勢を張っていただけだ。空威張りだよ」

「それ以上の意味があった。わたしたちは背中を預け合っていた」

「昔の話だ」

「いまだって、これからだってそうよ。運命のようなもの。何者かにフランツが殺されたのに、ほうっておくわけにはいかない。殺されたのが自分で、遺されたわたしたちが何もしなかったらどう感じる？」

「殺されたのがわたしだったら、何も感じないさ。死んでいるのだから」

「わたしの言いたいことはわかるはず」

リーチャーがまた目を閉じると、映像がよみがえった。闇の中を回転しながら落ちていくカルヴィン・フランツ。悲鳴をあげていたかもしれない。あげていなかったかもしれない。旧友。「わたしに任せろ。あるいは、きみとわたしでやろう。だが、昔には戻れない。うまくいくわけがない」

「昔に戻らないといけない」

リーチャーは目をあけた。「なぜ？」

「ほかの面々にも参加する資格があるからよ。つらい一年をかけて、その権利を勝ちとった。一方的にそれを奪うわけにはいかない。そんなことをしたら彼らは憤慨する。そんなことをするのはまちがっている」

「それから？」

「わたしたちには彼らが必要よ、リーチャー。なぜなら、フランツは優秀だった。とても優秀だった。わたしやあなたに負けないくらいに。にもかかわらず、何者かがフランツの両脚を折り、ヘリコプターから突き落とした。この件ではいくら味方がいても足りない。だから彼らを捜し出す必要がある」

リーチャーはニーグリーを見つめた。アシスタントの男の声が頭の中に響く。〝名前のリストがあります。こちらに連絡してきたのはあなたが最初です〟。それでこう言った。「ほかの面々はわたしよりずっと捜し出しやすいはずだが」

ニーグリーはうなずいた。

「だれにも連絡がつかないのよ」と言った。

8

〝名前のリスト〟。九人の名前。九人の人間。リーチャーはそのうち三人のいる場所を具体的あるいは抽象的に知っている。自分とニーグリーについては具体的で、ハリウッドのウェスト・サンセットの〈デニーズ〉にいる。フランツについては抽象的で、どこかの死体安置所にいる。

「ほかの六人について知っていることは？」と尋ねた。

「五人よ」ニーグリーは言った。「スタン・ロウリーは死んだ」

「いつ？」

「何年も前。モンタナ州で交通事故に遭った。相手は飲酒運転だった」

「知らなかった」

「人生に悲劇は付き物よ」

「まさにそのとおりだな」リーチャーは言った。「スタンのことは気に入っていたのに」

「わたしもよ」ニーグリーは言った。

「それなら、ほかの五人はどこにいる？」

「トニー・スワンは、この南カリフォルニアのどこかにある軍需企業で、保安部の副部長として働いている」

「どの企業だ」

「わからない。創業したばかりの企業よ。スタートアップ企業。スワンはまだ一年しか勤めていない」

リーチャーはうなずいた。トニー・スワンのことも気に入っていた。縦に短く、横に広い男だ。輪郭は立方体に近い。気さくで、陽気で、聡明だった。

ニーグリーは言った。「オロスコとサンチェスはラスヴェガスにいる。ふたりで警備会社を経営している。カジノやホテルから仕事を請け負って」

リーチャーはふたたびうなずいた。自分と同じころ、ジョージ・サンチェスが軍を辞めたことは聞いている。やや失望し、憤慨していたらしい。マニュエル・オロスコは軍に残るつもりだと聞いていたが、気が変わったのだとしても別に驚くにはあたらない。ふたりとも群れたがらず、しなやかな細身は敏捷に動き、たわごとには我慢がならなかった。

ニーグリーは言った。「デイヴ・オドンネルはワシントンDCにいる。ごくふつうの私立探偵よ。仕事には困っていない」

「そうだろうな」リーチャーは言った。オドンネルは几帳面な男だった。部隊全体の書類仕事をほとんどひとりで片づけていた。見た目はアイヴィー・リーグ出身の紳士のようだが、一方のポケットに飛び出しナイフを、もう一方にブラスナックルを入れてつねに持ち歩いていた。そばにいると役に立つ人物だ。

ニーグリーは言った。「カーラ・ディクソンはニューヨークにいる。法廷会計の仕事をしている。金に精通しているようね」

「以前から数字に精通している」リーチャーは言った。「それは覚えている」リーチャーとディクソンはたまにあれこれの有名な数学の定理の正誤を証明しようとした。どちらもずぶの素人だったから、むだな挑戦ではあったが、暇潰しにはなった。ディクソンは黒っぽい髪の、やや小柄なとびきりの美人で、人の言動を悪いようにとる困った女だったが、決まって十回のうち九回はその正しさが証明されたものだ。

リーチャーは尋ねた。「なぜそこまで詳しく知っている？」

「ずっと消息を追っているのよ」ニーグリーは言った。「興味があるから」

「なぜ連絡がつかない？」

「わからない。だれに電話をかけても出ない」

「それなら、これはわれわれ全員に対する一斉攻撃なのか？」

「そうは考えられない」ニーグリーは言った。「わたしは少なくともディクソンやオドンネル並みに表舞台に立っているのに、だれにも追われていない」

「いまのところは」

「そうかもしれない」

「わたしの銀行口座に入金した日に、ほかの面々に電話をかけたのか？」

ニーグリーはうなずいた。

「まだ三日しか経っていない」リーチャーは言った。「五人とも忙しいのかもしれない」

「それなら、どうすればいい？　待つの？」

「五人のことは忘れればいい。きみとわたしでもフランツのために立ちあがれる。ふたりだけでも」

「昔の部隊をまた集めたほうがいい。わたしたちは優秀なチームだった。あなたは軍の歴史で最高の指揮官だった」

リーチャーは何も言わなかった。

「何？」ニーグリーは言った。「何を考えているの？」

「歴史を書き換えるのなら、もっとずっと前からやり直すだろうなと考えている」

ニーグリーは両手の指を組み合わせ、黒いバインダーの上に置いた。細い指、茶色い肌、マニキュアを塗った爪、腱と筋肉。

「ひとつ訊くわね」と言う。「わたしがほかの五人と連絡をとれたとする。わざわざ銀行口座を使ってまであなたにメッセージを伝えようとはしなかったとする。いまから何年も経って、あなたが知ったとする。フランツが殺されたこと、さらには、わたしたちが六人で事を進め、あなた抜きで片をつけたことを。どんな気分になる？」

リーチャーは肩をすくめた。間を置く。

「気分は悪いだろうな」と言う。「裏切られたと思うかもしれない。のけ者にされて」

ニーグリーは何も言わない。

リーチャーは言った。「わかった、ほかの五人を捜し出してみよう。だが、いつまでも待つつもりはないぞ」


ニーグリーは駐車場にレンタカーを停めていた。レストランの勘定を済ませ、リーチャーを外に連れていく。車は赤のマスタングのコンバーチブルだ。ふたりで乗りこむと、ニーグリーはボタンを押して幌を開いた。ダッシュボードにあったサングラスを手に取ってかける。バックで駐車場から出ると、つぎの信号でサンセット・ブールヴァードを南に曲がった。ベヴァリーヒルズへ向かう。リーチャーは隣で黙ってすわり、午後の日差しに目を細くしていた。

〈デニーズ〉の三十メートル西に停められた黄褐色のフォード・クラウンヴィクトリアの中で、トーマス・ブラントという名の男が走り去るふたりを見つめていた。そして携帯電話を出し、カーティス・モーニーという名のボスの番号を押した。モーニーは電話に出なかったので、ブラントはボイスメールを残した。

こう言った。「いま、女が最初のひとりを拾いました」

ブラントのクラウンヴィクトリアの五台後ろには紺のクライスラーのセダンが停まっていて、中には紺のスーツを着た男が乗っていた。その男もやはり赤いマスタングが陽炎（かげろう）の中に消えるのを見つめていて、やはり携帯電話を使った。

こう言った。「女が最初のひとりを拾いました。どの人物かはわかりません。大男で、ホームレスのように見えました」

それから男はボスの返事に耳を傾けた。そして、一方の手でシャツの前に垂れたネクタイを撫（な）で、もう一方の手で電話を持っているボスの姿を想像した。

9

その名前が示すとおり、〈ベヴァリー・ウィルシャー〉はウィルシャー・ブールヴァードにあるホテルで、ベヴァリーヒルズ中心部の、ロデオ・ドライヴの入口の真向かいに建っている。石灰岩の大きな二棟のビルが前後に並び、一方は古くて飾り立てられ、もう一方は新しくて飾り気がない。入出庫サービス付きの駐車場用の車線がウィルシャー・ブールヴァードと平行に走り、二棟はそれによって隔てられている。ニーグリーがマスタングをその車線に進め、黒いタウンカーの一群の近くに停めると、リーチャーは言った。「ここに泊まる金はない」

「あなたの部屋はもう予約してある」

「予約だけか、それとも支払いまで済ませたのか？」

「わたしのカードで払う」

「金は返せそうにないぞ」

「忘れていい」

「こういうホテルなら一泊何百ドルもするはずだ」

「かまわない。いずれ戦利品が手にはいるかもしれないし」

「悪党が金持ちだったらの話だな」

「金持ちよ」ニーグリーは言った。「そうに決まっている。金持ちでなかったら、自家用ヘリコプターを買える？」

鍵を差してエンジンをかけたまま、ニーグリーは重たげな赤いドアをあけて車をおりた。リーチャーも自分の側で同じようにした。男が駆け寄ってきて、駐車券の半券をニーグリーに渡した。ニーグリーはそれを受けとり、車のボンネットをまわりこんで、ホテルのメインロビーの裏手に通じる階段をのぼった。リーチャーはついていった。ニーグリーの動きを観察しながら。まるで体重がないかのように軽やかだ。急角度で曲がっている混み合った廊下を静かに抜け、広さも形も男爵の居城を思わせるロビーに出た。独立したチェックインデスク、ベルデスク、コンシェルジュデスクがある。淡い色のビロードを張った肘掛け椅子が置かれ、着飾った宿泊客たちがすわっている。

リーチャーは言った。「ここだとわたしはホームレスのように見えるな」

「それか、億万長者のように見える。近ごろは見分けがつかないから」

ニーグリーはリーチャーをフロントに連れていき、チェックインの手続きをした。

リーチャーの予約名はトーマス・シャノンになっていたが、これはかつてスティーヴィー・レイ・ヴォーンのベーシストだった大男の名前で、リーチャーが気に入っているミュージシャンのひとりだ。リーチャーは微笑した。可能なかぎり、紙の記録は残したくない。そしていつも残さない。純粋に本能的な行動だ。ニーグリーに顔を向け、感謝のしるしにうなずいてから尋ねた。「きみはここでどんな名前を使っている？」

「本名よ」ニーグリーは言った。「もうそういうことはしていない。面倒すぎて」

リーチャーはフロント係からカードキーを受けとり、シャツのポケットにしまった。振り返ってロビーに顔を向ける。石材、光量を抑えたシャンデリア、厚手のカーペット、巨大なガラスの花瓶に挿した花。かぐわしい空気。

「はじめるとしよう」と言った。

ニーグリーの部屋ではじめた。正確には、部屋がふたつあるスイートで。リビングルームのほうは天井が高く、四角く、重々しく、青と金で装飾されている。バッキンガム宮殿にあってもよさそうな部屋だ。窓際に机があり、その上にノートパソコンが二台置かれている。ノートパソコンの横には携帯電話の空の充電器があり、その横には螺旋綴じ（らせんと）のノートがある。新品、レターサイズで、高校生が新学期に買いそうな品だ。端には印刷した紙の薄い束がある。記入欄がある書式の。それが五枚ある。五つの名前、五つの所番地、五つの電話番号。昔の部隊のうち、ふたりが死んで減り、ふたりがすでにここにいる。

リーチャーは言った。「スタン・ロウリーのことを教えてくれ」

「教えることはたいしてない。軍を辞め、モンタナ州に引っ越し、トラックに轢(ひ)かれた」

「人生はつらく、いずれ死ぬのみ」

「そのとおりね」

「スタンはモンタナで何をしていた？」

「羊を飼っていた。バターも作っていた」

「ひとりで？」

「恋人がいた」

「恋人はいまもそこにいるのか？」

「たぶん。ふたりで広大な土地を所有していた」

「なぜ羊を？　なぜバターを？」

「モンタナでは私立探偵の需要がないのよ。それに、恋人がモンタナに住んでいた」

リーチャーはうなずいた。一見すると、スタン・ロウリーは夢の田舎暮らしが似合うような人物ではなかった。骨太の黒人で、ペンシルヴェニア州西部の寂れた工場街の出身だったが、剃刀（かみそり）のように頭が切れ、枕木のように頑丈だった。暗い路地とビリヤード場が本来の生息地に思えたほどだ。しかし、そのＤＮＡのどこかには、大地との明らかなつながりがあった。農家になったと聞いても、リーチャーは驚かなかった。傷んだ古いバーンコートを着て、大平原（プレーリー）の草に膝まで埋もれ、広大な青空のもと、寒い思いをしながらも幸せに働いている姿が目に浮かぶ。

「なぜほかの五人には連絡がとれない？」と訊く。

「わからない」ニーグリーは言った。

「フランツは何を調べていた？」

「だれもその情報は持っていないみたい」

「新妻は何か言っていなかったのか？」

「新妻じゃないわよ。結婚して五年も経っていたんだから」

「わたしにとっては新顔だからな」リーチャーは言った。

「さすがに問いただせなかった。電話越しだったたし、夫が死んだことを伝えてきたのよ。どのみち、何も知らないかもしれない」

「訊きにいかなければならないだろう。妻が足がかりになるのは明らかだ」

「ほかの五人にもう一度連絡してみるのが先よ」ニーグリーは言った。

リーチャーは印刷された五枚の紙を手に取ると、ニーグリーに三枚を渡し、自分は二枚を受け持った。ニーグリーは携帯電話を使い、リーチャーはサイドボードの固定電話を使った。電話をかけはじめる。リーチャーがかけたのはディクソンとオドンネルの番号だ。カーラとデイヴ、ともに東海岸在住、ニューヨークとワシントンＤＣ。どちらも出ない。代わりに事務機器が応対し、長いこと忘れていたふたりの声が流れた。どちらにも同じメッセージを残した――「ジャック・リーチャーだ。フランシス・ニーグリーからの10－30を受けて、カリフォルニア州ロサンゼルスの〈ベヴァリー・ウィルシャー〉にいる。さっさとニーグリーに折り返し電話してくれ」と。電話を切って振り返ると、ニーグリーは歩きまわりながらトニー・スワンに似たようなメッセージを残していた。

「自宅の電話番号は知らないのか？」と訊く。

「五人とも電話帳に載っていない。当然だけど。わたしのだって載せていない。シカゴのアシスタントがいま調べている。でも、最近では簡単じゃないのよ。電話会社のコンピュータは前よりずっとセキュリティが強化されているから」

「携帯電話を持っているはずだ」リーチャーは言った。「いまではだれもが持っているだろう？」

「その番号も知らない」

「だが、どこからでも職場に電話をかけて、遠隔操作でボイスメールを確認することはできるのだろう？」

「簡単にできる」

「それなら、なぜそうしていない？　三日間も」

「わからない」ニーグリーは言った。

「スワンには秘書がいるはずだ。なんとかの副部長なのだから。部下がおおぜいいるにちがいない」

「部下に訊いても、いまは不在だとしか言わないのよ」

「わたしがやってみる」リーチャーはスワンの番号を受けとり、外線の九を押した。番号を押す。つながり、回線の向こうでスワンの電話が鳴っている音が聞こえる。

鳴っている。まだ鳴っている。

「だれも出ない」と言う。

「一分前にはだれかが出たのに」ニーグリーは言った。「スワンに直通の番号よ」

だれも出ない。リーチャーは受話器を耳にあてたまま、辛抱強く鳴っているプルルという電子音に耳を傾けた。十回、十五回、二十回。三十回。電話を切った。番号を確認し、もう一度かけてみる。結果は同じだ。

「妙だな」と言う。「スワンはいったいどこにいる?」

紙をもう一度確認した。名前と電話番号。所番地は空欄だ。

「この会社はどこにある?」と尋ねた。

「わからない」

「名前はあるのだろう?」

「ニューエイジ・ディフェンス・システムズ。その名前で応対された」

「武器を製造している会社にしてはばからしい名前だな。やさしく殺してくれそうだ。こちらが手間を省いてやりたくなってみずから手首を切るまでパンパイプの曲でも奏でるのか?」番号案内にかけた。番号案内によれば、アメリカ合衆国のどこにも、ニューエイジ・ディフェンス・システムズの名前で登録されている会社はないとのことだった。電話を切った。

「企業も電話帳に載っていないことがありうるのか?」と訊く。

ニーグリーは言った。「ありうると思う。軍需産業ではきっと。それに、スタートアップ企業だし」

「この会社を捜し出す必要がある。どこかに実際の工場があるはずだ。少なくとも、政府が小切手を送れるように、オフィスぐらいはある」

「わかった。それもやるべきことに加える。ミセス・フランツを訪ねたあとで」

「いや、その前だ」リーチャーは言った。「オフィスは閉まる。寡婦にはいつでも会える」

そういうわけで、ニーグリーはシカゴのアシスタントに電話をかけ、ニューエイジ・ディフェンス・システムズの実際の所番地を突き止めるよう指示した。やりとりの半分を聞いたかぎりでは、最善の方法はフェデックスのコンピュータに侵入することのようだ。あるいはＵＰＳの。あるいはＤＨＬの。だれだって荷物は受けとるし、配達人には所番地が必要となる。私書箱を使うわけにはいかない。戸口で実際の人間に荷物を手渡し、サインをもらわなければならない。

「携帯電話の番号も入手しろ」リーチャーは声をかけた。「ほかの全員の」

ニーグリーは送話口を手で覆った。「アシスタントが三日前からやっている。簡単にはいかないのよ」電話を切り、窓際に行く。外で車を停めている人たちを見おろしている。

「あとは待つのみよ」と言う。

二十分も待たないうちに、ニーグリーのノートパソコンの一台が電子音を鳴らし、シカゴからＥメールが届いたことを教えた。

10

シカゴにいるニーグリーのアシスタントからのEメールには、ＵＰＳから仕入れたニューエイジの所番地が載っていた。正確には、ふたつの所番地が。ひとつはコロラド州で、もうひとつはイースト・ロサンゼルスだ。

「理にかなっている」ニーグリーは言った。「分散型生産というやつね。安全性が増す。攻撃を受けた場合は」

「ばかばかしい」リーチャーは言った。「上院議員の政党はふたつあるからだ。どちらからも助成金をもらうためだよ。あちらは共和党、こちらは民主党で、この会社は両方の飼い葉桶に鼻を突っこんでいる」

「それだけが目的なら、スワンはコロラド州には行ってなさそう」

リーチャーはうなずいた。「行っていないかもしれない」

ニーグリーが地図を広げ、ふたりはイースト・ロサンゼルスのほうの所番地を調べた。エコーパークとドジャー・スタジアムの先の、サウス・パサデナと本来の範囲のイースト・ロサンゼルスのあいだの無人地帯にある。

「遠いわね」ニーグリーは言った。「とんでもなく時間がかかる。ラッシュアワーがはじまっているから」

「もう？」

「ロサンゼルスのラッシュアワーは三十年前にはじまっている。終わるのは原油が尽きたとき。それか、酸素が。とにかく、営業中にはたどり着けそうにない。ニューエイジはあすにとっておいて、きょうはミセス・フランツに会いにいくほうがよさそうよ」

「きみが最初に言ったとおりになったな。わたしは手玉にとられているわけだ」

「ミセス・フランツのほうが近くにいるというだけ。それに、重要人物よ」

「どこにいる？」

「サンタモニカ」

「フランツはサンタモニカに住んでいたのか？」

「水上生活ではなかったけど。それでも、きっとすてきな住まいだと思う」

すてきだった。想像よりもはるかに。一〇号線とサンタモニカ空港のなかほどにはさまれた小さな通りに建つ小さなバンガローで、三キロほど内陸にあった。見たところ、一等地ではない。だが、美しい外観の家だった。ニーグリーはその前を二度通り過ぎ、駐車場所を探した。家はとても小さな左右対称の建物だ。玄関の左右に出窓がある。張り出した屋根の下に玄関ポーチが設けられている。ポーチには一対の揺り椅子が置かれている。石材、チューダー様式の軀体、アーツ・アンド・クラフツ運動の影響、フランク・ロイド・ライト、スペインタイル。ごく小さな建物一軒の中にいくつもの様式が渾然となっているが、うまくいっている。とても魅力的だ。加えて、汚れひとつない。塗装は完璧だ。光り輝いている。窓もきれいだ。やはり光り輝いている。庭はこぎれいに整えられている。青々とした芝生は刈りこまれている。鮮やかな色の花が植えられ、雑草はない。舗装された短い私道はガラスのようになめらかで、掃き清められている。カルヴィン・フランツは几帳面で手抜かりのない男だったが、この小さな不動産に旧友の人柄がすべて表れているようにリーチャーは感じた。

ようやくふたつ先の通りできれいな女がトヨタ・カムリを路肩から動かしてくれたので、ニーグリーはマスタングのハンドルを切ってそこに車を入れた。施錠し、ふたりで歩いて戻った。そろそろ夕方だが、まだ少し暑い。潮のにおいがする。

リーチャーは訊いた。「これまでにわれわれは何人の寡婦に会ったのだろうな」

「数えきれないくらいよ」ニーグリーは言った。

「きみはどこに住んでいる？」

「イリノイ州のレイクフォレスト」

「聞いたことがある。いいところらしいな」

「いいところよ」

「おめでとう」

「そのために必死で働いたから」

ふたりはフランツの家がある通りにはいり、つづいてそこの私道にはいった。少し歩みをゆるめ、玄関までの短い道のりを行く。これからどんな展開になるか、リーチャーにはわからなかった。かつては、十七日間も経ってからではなく、もっと前に寡婦に対応していた。家を訪れ、寡婦になったことを告げるまで、自分が寡婦になったことすら知らない場合もしょっちゅうだった。十七日間でどんなちがいが出るのかはわからない。いま、フランツの妻がどんな状態なのかも。

「妻の名前は？」と訊いた。

「アンジェラ」ニーグリーは言った。

「わかった」

「子供はチャーリー。男の子よ」

「わかった」

「四歳」

「わかった」

玄関ポーチに進み、ニーグリーが呼び鈴のボタンを見つけて指先をあてた。やさしく、短く、恭しく、まるで電気回路がちがいを感じとれるかのように。くぐもった呼び鈴の音が家の中から聞こえ、また静かになった。リーチャーは待った。およそ一分半後、ドアが開いた。一見すると、ひとりでに。視線をおろすと、小さな男の子が手足を伸ばしてドアノブをつかんでいた。ノブの位置は高く、男の子は小さいから、手足を目いっぱい伸ばさなければならず、弧を描いたドアに引きずられてつま先立ちになっている。

「きみはチャーリーだな」リーチャーは言った。

「そうだよ」男の子は言った。

「わたしはきみのパパの友達だ」

「パパは死んじゃった」

「知っている。こんなことになってとても悲しい」

「ぼくも」

「勝手にドアをあけていいのかい」

「うん」男の子は言った。「いいんだよ」

カルヴィン・フランツに瓜(うり)ふたつだ。ありえないほど似ている。顔は同じ。体つきも同じ。脚が短く、腰の位置が低く、腕が長い。子供服のTシャツの下の肩は骨と皮ばかりだが、将来は類人猿のようにたくましくなりそうな気配がすでにある。目はフランツの目そのままで、黒っぽく、涼しげで、穏やかで、安心を誘う。まるでこの子が〝心配しないで、何もかもうまくいくよ〟と言っているかのように。

ニーグリーが尋ねた。「チャーリー、ママはおうちにいる？」

男の子はうなずいた。

「奥にいるよ」と言う。ノブから手を離し、脇にどいてふたりを通した。ニーグリーが先に歩み入った。家は狭すぎて、どこかにどこかの奥があるとは言いがたい。広いひと部屋を四分割したような案配だ。右に寝室がふたつ、そのあいだにはバスルームがあるようだとリーチャーは推測した。左手前にリビングルーム、その向こうに簡易キッチンがある。それだけだ。とても狭いが、美しい。すべてがオフホワイトと淡い黄色で統一されている。花を挿した花瓶がいくつも置かれている。窓は白い木製の鎧戸が日差しをさえぎっている。床は磨かれた黒っぽい板だ。振り返り、中からドアを閉めると、通りの雑音が消え、静寂が家を包みこんだ。以前は心地よい感覚だっただろう。いまではそうでもないかもしれない。

幅が半分しかなく、簡略化されすぎて目隠しになっていない仕切り壁の向こうのキッチンから、女が出てきた。呼び鈴が鳴ったとき、意図的にそこに隠れたにちがいない。リーチャーよりかなり若く見える。ニーグリーより少し若く見える。

生前のフランツより若く見える。

北欧系を思わせる長身、ホワイトブロンド、青い目の女で、痩せている。薄手のVネックのセーターを着ていて、胸もとの骨が浮き出ている。身ぎれいで、化粧をして香水もつけ、髪は梳かしてある。落ち着き払っているが、緊張を解いてはいない。皮膚の下に恐怖の仮面を着けているかのように、目のまわりに強い困惑の念が表れている。

しばらく気まずい沈黙が流れたが、ニーグリーが進み出て言った。「アンジェラ？フランシス・ニーグリーです。電話で話しましたよね」

アンジェラ・フランツは反射的に笑みを浮かべ、手を差し出した。ニーグリーがその手を取って軽く握ると、リーチャーも進み出て挨拶した。「わたしはジャック・リーチャー。心からお悔やみを申しあげる」と言う。握手を交わした手は冷たく、華奢だ。

「その台詞は何度も言ったことがありそうね」アンジェラは言った。「そうでしょう？」

「残念ながら」リーチャーは言った。

「あなたもカルヴィンが作ったリストに載っている」アンジェラは言った。「あの人と同じで、あなたも憲兵だった」

リーチャーは首を横に振った。「同じではないな。カルヴィンのほうがよほど優秀だった」

「気を使わなくてもいいのに」

「実際、そのとおりだった。わたしはカルヴィンをきわめて高く評価していた」

「あの人からあなたの話を聞かされた、あなたたち全員の話を。何度も。自分が二番目の妻のように思えたときもあったくらい。まるであの人が前に結婚していたみたいに。あなたたち全員と」

「実際、そのとおりだった」リーチャーは繰り返した。「軍は家族のようなものだ。運がよければそうなるし、われわれは運がよかった」

「カルヴィンも同じことを言っていた」

「その後のカルヴィンはもっと運がよかったようだ」

アンジェラはふたたび反射的に笑みを浮かべた。「そうかもしれないわね。でも、あの人の運も尽きてしまったわけでしょう?」

チャーリーが大人たちを眺めている。フランツの目を半開きにして、見定めている。アンジェラは言った。「来てくださってありがとう」

「何かわれわれにできることは?」リーチャーは訊いた。

「死者をよみがえらせることはできる？」

リーチャーは何も言わなかった。

「あの人の話しぶりからすると、あなたたちならできてもおかしくなさそうなのに」

ニーグリーが言った。「犯人を突き止めることならできます。わたしたちはそれが得意でした。わたしたちにできることの中で、それがカルヴィンを生き返らせること に最も近い。ある意味では」

「でも、ほんとうに生き返らせるわけじゃない」

「ええ、そうです。とても残念ですが」

「どうしてここまでいらしたの？」

「お悔やみを申しあげるためです」

「でも、あなたたちはわたしと面識がない。わたしは新参だから。昔とはかかわりがない」アンジェラはその場を離れ、キッチンへ向かった。が、気が変わったらしく、きびすを返すと、リーチャーとニーグリーのあいだを横向きに歩いて抜け、リビングルームで腰をおろした。椅子の肘掛けに手のひらを置く。指が動いている。タイプ打ちをしているか、夢の中で見えないピアノを弾いているかのように、指がかすかに震えている。

「わたしは仲間じゃなかった」アンジェラは言った。「仲間だったらよかったのにと思ったときもある。カルヴィンにとってはとても大きな意味を持っていたから。特別捜査官にはけっして喧嘩を売ってはならない、とよく言っていたのよ。うたい文句みたいに、しょっちゅう使っていた。アメリカンフットボールの試合を観戦していて、クォーターバックサックのような盛りあがる場面があると、〝ほら見ろ、特別捜査官にはけっして喧嘩を売ってはならないんだよ〟とか言ったものよ。チャーリーにもよく言った。何かするよう言ったとき、チャーリーが文句を言うと、カルヴィンは〝チャーリー、特別捜査官にはけっして喧嘩を売ってはならないんだよ〟とか言うの」

チャーリーが顔をあげて微笑した。「けっ、し、て、喧嘩を売ってはならないんだよ」少し甲高い声だが、父親の抑揚そのままに言う。むずかしい語句は言えないのか、一部が抜けていたが。

アンジェラは言った。「あなたたちはそのスローガンのためにいらしたんでしょう？」

「そうでもない」リーチャーは言った。「われわれはそのスローガンの根っこにあるもののために来た。われわれは互いを気にかける。それがすべてだ。逆の立場だったら、カルヴィンはわたしのために来てくれただろうから、わたしもここに来た」

「あの人が？」

「来てくれたと思う」

「あの人は過去とはすべて手を切った。チャーリーが生まれたときに。わたしがそうさせたわけじゃない。でも、あの人は父親になりたかった。だから簡単で安全な仕事を除いて、すべて手を切った」

「手を切れたはずがない」

「ええ、そのようね」

「カルヴィンは何を調べていた?」

「ごめんなさい」アンジェラは言った。「お掛けになるよう言っていなかったわね」

部屋にソファはない。そんな空間の余裕はない。通常の大きさのソファをひとつ置くだけで、寝室に行けなくなってしまうだろう。代わりに肘掛け椅子が二脚と、チャーリー用の半分の大きさの揺り椅子が一脚ある。肘掛け椅子は小さな暖炉の左右に配され、暖炉には釉薬(うわぐすり)をかけていない陶磁器の水差しがあり、淡い色のドライフラワーを挿してある。チャーリーの揺り椅子は煙突の左側だ。木製の背もたれの上端に、熱した火搔き棒かはんだごてでその名前がきれいな手書きで焼きつけられている。なかなか上手だが、職人の仕事ではない。フランツの手作業だろう。父親から息子への贈り物だ。リーチャーは少しのあいだそれを眺めてから、アンジェラの向かいの肘掛け椅子にすわり、ニーグリーはその肘掛けに腰を乗せた。太腿(ふともも)がリーチャーの体から三センチと離れていないところにあるが、触れてはいない。

チャーリーはリーチャーの足をまたぎ、自分の木製の椅子にすわった。

「カルヴィンは何を調べていた？」リーチャーは重ねて訊いた。

アンジェラ・フランツは言った。「チャーリー、外で遊んできなさい」

チャーリーは言った。「ママ、ぼくもここにいたい」

リーチャーは尋ねた。「アンジェラ、カルヴィンは何を調べていた？」

「チャーリーが生まれてから、あの人は経歴調査しかやっていなかった」アンジェラは言った。「実入りのいい仕事だった。特にこのロサンゼルスでは。だれだって泥棒や麻薬中毒者を雇いたくはないから。そんな人とデートや結婚だってしたくない。インターネットやバーでだれかと出会ったら、真っ先にやるのはその人をグーグルで検索することで、つぎにやるのは私立探偵に電話することなのよ」

「カルヴィンはどこで働いていた？」

「カルヴァーシティに事務所があった。賃貸の、ひと部屋だけの事務所よ。ヴェニス・ブールヴァードとラ・シエネガ・ブールヴァードの交差点のあたり。一〇号線に乗りやすかった。カルヴィンはあの場所を気に入っていた。近いうちに遺品を持って帰らないと」

ニーグリーが訊いた。「先に捜索させてもらえませんか」

「保安官補がもう捜索したけど」

「わたしたちがもう一度捜索すべきです」

「どうして？」

「カルヴィンは経歴より重要な何かを調べていたにちがいないからです」

「麻薬中毒者は人殺しだってやるでしょう？　泥棒も人殺しをやるときがある」

リーチャーはチャーリーに目をやり、フランツが見返しているのを見てとった。

「だが、あのような殺し方はしない」

「わかった。お望みなら、もう一度捜索して」

ニーグリーが訊いた。「鍵は持っていますか」

アンジェラはゆっくりと立ちあがってキッチンに行った。なんのしるしもない二本の鍵を持って戻る。一本は大きく、もう一本は小さく、直径二センチ半ほどの鋼鉄製のキーリングに通してある。アンジェラはそれを手のひらにしばらく載せてから、やや気が進まない様子で、ニーグリーに手渡した。

「あとで返してもらえるかしら」と言う。「あの人の遺品だから」

リーチャーは尋ねた。「カルヴィンはここに仕事道具を置いていたのでは？　手帳とかファイルとかいったものだが」

「ここに？」アンジェラは言った。「無理よ。ここに引っ越したとき、抽斗（ひきだし）のスペースを節約するために、あの人はアンダーシャツを着るのをやめたくらいなんだから」

「いつここに引っ越した？」

アンジェラはまだ立っている。ほっそりとした女だが、このとても狭い空間の全体を占めているように見える。

「チャーリーが生まれてすぐよ」と言う。「本物の家がほしくて。わたしたちはここにとても満足していた。狭いけど、これで充分だった」

「最後にカルヴィンを見たときはどんな様子だった？」

「いつもどおり、朝に出かけた。でも、それきり帰ってこなかった」

「それはいつのことだった？」

「保安官補がやってきて、遺体が発見されたと告げた日の五日前だった」

「カルヴィンが仕事の話をしたことはあったか？」

アンジェラは言った。「チャーリー、何か飲む？」

チャーリーは言った。「大丈夫だよ、ママ」

リーチャーは尋ねた。「カルヴィンが仕事の話をしたことはあったか？」

「たいしてなかった」アンジェラは言った。「俳優が何か後ろ暗い隠し事をかかえていないか確かめるために、映画会社が調査を依頼することはあった。あの人は芸能界のゴシップを教えてくれた。それくらいよ」

リーチャーは言った。「われわれの知っているカルヴィンはかなり無遠慮な男だった。頭に浮かんだことをそのまま口にしていたものだ」

「その性格は変わっていなかったわね。カルヴィンがだれかを怒らせたと考えているの？」

「いや、とうとうカルヴィンはそういう性格を改めたのだろうかと気になっただけだ。もしそうでなかったのなら、あなたがそんなところに好意を持っていたかどうかも気になった」

「そんなところは大好きだった。あの人のすべてが大好きだった。正直で率直なところを尊敬していた」

「それなら、わたしが無遠慮でも気にしないな？」

「なんなりと言って」

「あなたにはわれわれに話していないことがあると思う」

11

アンジェラ・フランツはふたたび腰をおろすと、訊いた。「わたしが何を話していないと思うの？」

「何か役に立つことだ」リーチャーは言った。

「役に立つ？　いまのわたしにとって役に立つことなんてある？」

「あなたにとってだけではない。われわれにとっても役に立つことだ。カルヴィンは確かにあなたのものだった。あなたはカルヴィンと結婚していたのだから。だが、われわれのものでもあった。われわれはカルヴィンとともに仕事をしていたのだから。あなたが望まなくても、われわれにはカルヴィンに何があったかを突き止める権利がある」

「どうしてわたしが何か隠していると思うの？」

「わたしが尋ねるたびにはぐらかしたからだ。カルヴィンは何を調べていたのかとわたしが訊くと、あなたはことさらにすわるようすすめた。わたしが重ねて訊くと、あなたはチャーリーに外で遊ぶよう言った。答をチャーリーに聞かせないためではなく、時間稼ぎをして、答を知らないことにするために」

狭い部屋の向こうから、アンジェラはリーチャーをまっすぐに見つめた。「つぎはわたしの腕でも折るつもり？ カルヴィンから聞いたけど、尋問中にあなたがだれかの腕を折る場面を見たそうよ。それとも、デイヴ・オドンネルが折ったんだったかしら」

「おそらくわたしだな」リーチャーは言った。「オドンネルは脚を折るほうが多かった」

「断言する」アンジェラは言った。「わたしは何も隠していない。何ひとつ。カルヴィンが何を調べていたかは知らないし、聞かされてもいない」

リーチャーはアンジェラを見返し、当惑している青い目をのぞきこんで、少しだけそのことばを信じた。何か隠しているのは事実だが、それは必ずしもカルヴィン・フランツとは関係がない。

「わかった」と言う。「申しわけなかった」

ほどなくリーチャーとニーグリーは辞去した。カルヴァーシティにあるフランツの事務所の場所を聞き、短い悔やみをまた述べ、冷たく華奢な手をもう一度握ったあとで。

トーマス・ブラントという名の男が、歩き去るふたりを見つめていた。乗ってきたクラウンヴィクトリアは二十メートル離れたところにあり、フランツの家の四十メートル西に停めてある。ブラントは角の食料雑貨店からコーヒーを持って歩いてきたところだ。歩みをゆるめ、リーチャーとニーグリーが百メートル先の角を曲がるまで、背後から眺めた。それからコーヒーをひと口飲み、片手でボスのカーティス・モーニーに短縮ダイヤルで電話をかけ、ボイスメールでいま目にしたものを伝えた。

同じとき、紺のスーツを着た男が紺のクライスラーのセダンに歩いて戻ろうとしていた。セダンは〈ベヴァリー・ウィルシャー〉の駐車場用の車線に停めてある。フロント係に賄賂を渡したせいで金を五十ドル失ったが、そのぶん新しい情報を得られた。ただし、その新しい情報が意味するものにとまどっていた。携帯電話でボスの番号を押し、こう言った。「フロント係によれば、大男はトーマス・シャノンという名前ですが、リストにトーマス・シャノンという名前はありません」

ボスは言った。「リストは信頼性が高いと思っていいだろう」

「そうですね」

「となれば、トーマス・シャノンは偽名だと考えるのが無難だ。こういう連中だから、昔からの癖はなかなか抜けないようだな。このまま続行するぞ」

角を曲がり、フランツの家がある通りを出るまで待ってから、リーチャーは言った。「家の近くで黄褐色のクラウンヴィクトリアを見たか？」

「駐車中だった」ニーグリーは言った。「家の四十メートル西の、向かいの路肩に。二〇〇二年式の基本モデルだった」

「われわれがいた〈デニーズ〉の外でも同じ車を見かけたと思う」

「確かなの？」

「確信はない」

「古いクラウンヴィクトリアはどこにでもあるような車よ。タクシーとか、白タクとか、中古車のレンタカーで使われている」

「そうだな」

「どのみち、無人だった」ニーグリーは言った。「無人の車を心配する必要はないわよ」

「〈デニーズ〉の外では無人ではなかった。男がひとり乗っていた」

「同じ車だったらの話ね」

リーチャーは足を止めた。

ニーグリーは訊いた。「引き返すつもり？」

リーチャーは一瞬ためらってから、首を横に振ってふたたび歩きだした。

「いや」と言う。「無関係だろう」


一〇号線の東行き車線は渋滞していた。ふたりとも一般道路で行く危険を冒せるほどロサンゼルスの地理には詳しくなかったので、這うような速度でカルヴァーシティまでの八キロを高速道路で行った。ヴェニス・ブールヴァードとラ・シェネガ・ブールヴァードの交差点に着き、その後はアンジェラ・フランツの説明が的確だったおかげで、死んだ夫の事務所に迷わず行けた。低い店が連なる黄褐色の通りに面した地味な一軒で、通りの中心になっているのは小さな郵便局だった。アメリカ合衆国郵便公社の主要局ではない。ただの平屋建てだ。リーチャーは正確な用語を知らなかった。支局？　サテライト局？　郵便配達分局？　その隣には安売りの薬局があり、ネイルサロン、ドライクリーニング店とつづいている。その隣がフランツの事務所だ。フランツの事務所はドアのガラスと窓を内側から黄褐色の塗料で塗ってあり、それが頭の高さにまで達しているので、上の細い隙間からしか光ははいっていかない。塗装面の上端には、黒で縁どった金色の飾り線が引かれている。ドアに同じ金と黒の色調で、〝カルヴィン・フランツ・ディスクリート・インヴェスティゲーションズ〟という文字と電話番号が記されている。三行に分けた見やすい字、胸の高さ、簡潔で明瞭だ。

「悲しいな」リーチャーは言った。「そう思わないか？　強大なアメリカ軍の兵士が落ちぶれたものだ」

「フランツは父親だったのよ」ニーグリーは言った。「楽に稼げる道を選んだ。自分の意思で。これ以上をフランツは望まなかったのよ」

「だが、シカゴのきみの会社はこんなものではないと思うが」

「そうね」ニーグリーは言った。「こんなものじゃない」

ニーグリーはアンジェラがしぶしぶ渡してくれたキーリングを取り出した。大きいほうの鍵を選び、錠をはずして、ドアを引いた。だが、中にはいろうとしなかった。というのも、中は隅から隅まで破壊し尽くされていたからだ。

飾り気のない四角い部屋で、店舗にしては狭く、事務所にしては広い。置いてあったはずのパソコンや電話などのハードウェアはすべてなくなっている。机とファイルキャビネットはあさられたあとにハンマーで壊され、隠し場所を探すために接合部や部品がばらばらにされている。椅子は切り裂かれ、詰め物が引きずり出されている。壁板は下地から剝がされ、断熱材が切り刻まれている。天井も剝がされている。床もめくられている。バスルームの設備は砕かれ、粉々の磁器と化している。破片や書類が床下の至るところにぶちまけられ、膝の高さまで積もっているが、場所によってはもっとひどい。

　破壊し尽くされている。爆風を浴びたかのように。

　リーチャーは言った。「ロサンゼルス郡の保安官補はここまで徹底的にやらないだろうな」

「やるわけない」ニーグリーは言った。「絶対に。悪党どもが後始末をしたのよ。フランツに握られていた何かを取り戻そうとして。保安官補がここに来る前に。たぶんその数日前に」

「保安官補はこれを見てアンジェラに伝えなかったのか？　アンジェラは知らなかった。近いうちに遺品を持って帰らないと、と言っていた」

「伝えないわよ。寡婦をさらに動揺させてどうするの？」

　リーチャーは歩道にまでさがった。左にずれ、ドアにきれいに記された金文字を見つめた。〝カルヴィン・フランツ・ディスクリート・インヴェスティゲーションズ〟。片手をあげて旧友の名前を隠し、頭の中で〝デイヴィッド・オドンネル〟に置き換えてみた。つづいて、ふたりの名前を当てはめる。〝サンチェス&オロスコ〟。さらに当てはめる。〝カーラ・ディクソン〟。

「ほかの五人がさっさと電話に出てくれればいいのだが」と言う。

「わたしたちがまとめて狙われているわけじゃない」ニーグリーは言った。「それは考えられない。十七日以上経つのに、わたしはだれにも追われていない」

「わたしもだ」リーチャーは言った。「しかし、それを言うなら、フランツもわれわれを追わなかった」

「どういう意味?」

「フランツが苦境に立たされていたのなら、だれに連絡する? われわれに連絡するに決まっている。だが、きみには連絡しない。きみはいまや出世して、忙しそうだからだ。そしてわたしにも連絡しない。きみ以外のだれにもわたしを捜し出せないからだ。だが、最悪の状況に陥ったフランツが、ほかの五人に連絡したとしたら? われわれふたりより連絡がとりやすいという理由で。そして全員がフランツを助けるためにここに駆けつけたとしたら? いまごろ行動をともにしているとしたら?」

「スワンも含めて?」

「スワンは最も近い場所にいた。真っ先に駆けつけただろう」

「可能性はある」

「可能性は高い」リーチャーは言った。「フランツがどうしてもだれかの手を借りたかったのなら、ほかに信頼できる人間がいるか?」

「わたしに連絡すればよかったのに」ニーグリーは言った。「わたしだって駆けつけた」

「きみにはあとで連絡するつもりだったのかもしれない。とりあえず六人いれば充分だと考えたのかもしれない」

「でも、何があったら人間が六人も消えるの？　わたしたちのような人間がだれだろうと」

「考えたくないな」リーチャーは言い、口をつぐんだ。かつては相手がだれだろうと部下たちを立ち向かわせたものだ。何度もそうした。そして部下たちはいつもやり遂げた。典型的な民間人の犯罪者よりも手強い敵を相手にして。手強い理由は、軍の訓練はいくつかの重要な分野で犯罪者の能力を向上させてしまいがちだからだ。

ニーグリーは言った。「ここに立っていても仕方がない。時間のむだよ。どうせ何も見つからない。侵入者は目的のものを手に入れたと見なしていいと思う」

リーチャーは言った。「手に入れていないと見なしていいと思う」

「どうして？」

「経験則だ」リーチャーは言った。「ここは隅から隅まで破壊し尽くされている。完全に。ふつうは探しているものを見つけたら、そこで探すのをやめる。だが、この侵入者はやめていない。つまり、目的のものを見つけたのだとしたら、最後の最後に探した場所でたまたま見つけたことになる。その可能性はどれくらいある？　高くはない。だから、侵入者はほしかったものが見つからず、探すのをやめなかったのだと思う」

「だとしても、それはどこにあるの？」

「わからない。何が考えられる？」

「書類とか、フロッピーディスクとか、CD－ROMとか、そういったもの」

「小さいな」リーチャーは言った。

「フランツはそれを家に持ち帰っていない。家庭と仕事を切り離していたんだと思う」

相手のように考えろ。相手になりきれ。リーチャーは振り返り、ちょうどいま歩道に出てきたかのように、フランツの事務所のドアに背を向けた。片手をまるくし、何も載っていない手のひらを見おろす。人生で書類仕事は山ほどしたことがあるが、コンピュータのディスクを使ったりCD－ROMを焼いたりしたことは一度もない。それでも、どんなものかは知っている。ポリカーボネート製の直径十二センチの円盤だ。プラスチック製のケースにはいっているときが多い。フロッピーディスクはもっと小さい。四角く、一辺は十センチほどだろうか。レターサイズの書類は三つ折りにすれば二十二センチ×十センチほどになる。

小さい。

だが、重要だ。

カルヴィン・フランツなら、小さくても重要なものをどこに隠す？

ニーグリーは言った。「フランツの車の中にあったかもしれない。車でいろいろなところに行っていただろうから。ＣＤなら、カーオーディオのＣＤチェンジャーに入れておける。ありふれた光景の中に潜ませるように。たとえば、ジョン・コルトレーンのＣＤのあとの、四番目のスロットとかに」

「マイルス・デイヴィスだ」リーチャーは言った。「フランツはマイルス・デイヴィスのほうが好みだった。ジョン・コルトレーンはマイルス・デイヴィスのアルバムでしか聞かなかった」

「曲をダウンロードしたかのように見せかけることもできる。ＣＤにマーカーペンでマイルス・デイヴィスと書いたりして」

「それなら見つかっている」リーチャーは言った。「これだけ徹底的にやるやつらなら、あらゆるものを調べている。フランツはもっと安全に保管したかったと思う。ありふれた光景の中に潜ませるということは、ずっと目の前にあるということだ。それでは安心できない。フランツは安心したかっただろう。アンジェラとチャーリーがいる家に帰ったら、もう気にしたくなかっただろう」

「それならどこに？　貸金庫？」

「近くに銀行は見当たらない」リーチャーは言った。「フランツはあまり遠まわりはしたくなかったはずだ。この交通事情では。急いで保管したかったのなら。それに、銀行の営業時間は必ずしも労働者に都合がよくない」

「キーリングには鍵が二本ある」ニーグリーは言った。「小さいほうは机の鍵だという可能性もあるけど」

リーチャーはまた振り返り、薄闇越しに破片や残骸を見つめた。机の錠はあの中のどこかにあるはずだ。小さな鋼鉄製の直方体で、板からはずされ、捨てられている。また振り返り、縁石に乗った。左右を見る。ふたたび片手をまるくし、何も載っていない手のひらを見おろした。

そもそも――自分なら何を隠す？

「コンピュータのファイルだ」と言う。「そうにちがいない。なぜなら、侵入者はそれを探すべきだと知っていたからだ。手書きの書類だったら、フランツはそれが存在することを教えなかっただろう。だが、おそらく侵入者はまずパソコンを奪い、フランツがファイルをコピーしていた痕跡を見つけた。そういうことはあるものだろう？コンピュータにはあらゆる痕跡が残る。しかし、フランツはどこにコピーがあるかを教えようとしなかった。だから脚を折られたのかもしれない。それでもフランツは口を割らなかったから、侵入者はここまで来て、この荒っぽい捜索をしなければならなかった」

「だとしても、それはどこにあるの？」

リーチャーはまた自分の手を見おろした。

自分なら小さくて重要なものをどこに隠す？

「古い岩の下ではないだろうな」と言う。「わたしなら構造物を求める。保管庫のたぐいかもしれない。わたしなら責任を果たせる人物を求める」

「貸金庫よ」ニーグリーはふたたび言った。「銀行の。小さい鍵にはなんのしるしもない。銀行ならそういう鍵を使う」

「銀行は気に入らない」リーチャーは言った。「営業時間があることも、遠まわりさせられることも気に入らない。一度きりならともかく、何度もというのはごめんだ。そこが問題になる。これは定期的にやらなければならない。ちがうか？　コンピュータを使うならそうするものだろう？　毎晩ファイルをバックアップする。だからこれだって一度きりではない。繰り返しやる。それだと話は少々ちがってくる。一度きりなら、苦労は惜しまないかもしれない。毎晩なら、安全だが簡単な方法にしたい。しかも、いつでも使える方法に」

「わたしは自分宛にEメールで送っている」ニーグリーは言った。

リーチャーは一瞬、固まった。笑みを浮かべる。

「そういうことか」と言う。

「フランツもそうしていたと思うの？」

「まさか」リーチャーは言った。「Eメールならフランツのパソコンにすぐさま届く。パソコンは悪党どもが奪っている。事務所をぶち壊すのではなく、パスワードを解き明かすのに時間を使っただろう」

「それなら、フランツはどんな方法を使っていたの？」

リーチャーは首をめぐらし、店の並びに目をやった。ドライクリーニング店、ネイルサロン、薬局。

郵便局。

「Eメールではない」と言う。「通常の郵便だ。それがフランツの使っていた方法だよ。ディスクのたぐいにファイルをバックアップし、毎晩それを封筒に入れて投函していたのさ。自分宛に。自分の私書箱宛に。そこで郵便を受けとっていたからだ。郵便局で。事務所のドアには郵便受けがない。封筒を手放したら、もう安全だ。あとは郵便公社が管理してくれる。昼夜の別なくおおぜいの番人が目を光らせてくれる」

「時間がかかる」ニーグリーは言った。

リーチャーはうなずいた。「フランツはディスクを三、四枚用意して順々に使っていたにちがいない。つねに二、三枚が郵便網のどこかにあるわけだ。だが、フランツは毎晩、最新のファイルは安全だと納得して家に帰った。郵便ポストを盗んだり、自分のものではない郵便物を横取りしたりするのは簡単ではない。アメリカ合衆国郵便公社のお役所仕事はスイス銀行並みに安全だ」

「小さい鍵は」ニーグリーは言った。「机の鍵じゃない。貸金庫の鍵でもない」

リーチャーはふたたびうなずいた。

「私書箱の鍵だ」と言う。

12

とはいえ、アメリカ合衆国郵便公社のお役所仕事にも善し悪しがあった。時刻は夕方前だ。ドライクリーニング店はまだ営業している。ネイルサロンも営業している。薬局も営業している。だが、郵便局は営業を終了している。営業時間は四時までだ。

「あすね」ニーグリーは言った。「一日中車に乗っていることになりそう。スワンの会社にも行かなければならないし。別々に行動しないかぎりは」

「ここにはふたり必要だ」リーチャーは言った。「だが、もしかしたらほかの五人のだれかが現れて、手伝ってくれるかもしれない」

「そうだといいけど。別に怠けたいわけじゃないわよ」形ばかりの行為だったが、ニーグリーはささやかな儀式のように携帯電話を取り出して、小さな画面を確認した。

メッセージはない。

ホテルのフロントにもメッセージはなかった。ホテルの電話のボイスメールにも。

Ｅメールも、ニーグリーのノートパソコンのどちらにも届いていない。

　返事はいっさいない。

「わたしたちを無視するはずがない」ニーグリーは言った。「そんなことはしないだろう」

「そうだな」リーチャーは言った。

「すごく不吉な予感がしてきた」

「わたしはポートランドであのＡＴＭに行ってからずっと、とても不吉な予感がしている。人に夕食を二度もおごって金を使いきってしまったんだ。いまとなっては、出かけないでピザでも頼めばよかったと思っているよ。彼女が金を払ってくれただろうから。そうしていれば、この件はまだ何も知らずに済んだ」

「彼女？」

「知り合った女性だ」

「美人？」

「とても」

「カーラ・ディクソンよりも美人？」

「ひけをとらないくらいだ」

「わたしよりも美人？」

「それはありえないな」

「彼女と寝たの？」

「だれと？」

「ポートランドの女と」

「なぜそんなことを知りたがる？」

ニーグリーは答えない。黙って連絡先情報が記された五枚の紙をトランプのようにシャッフルし、リーチャーに二枚配り、自分の手もとに三枚とっておいた。リーチャーのぶんはトニー・スワンとカーラ・ディクソンだ。サイドボードの固定電話を使い、まずスワンにかけた。呼び出し音が三十回、四十回と鳴っても、だれも出ない。フックボタンを押し、ディクソンの番号にかけた。エリアコードは二一二だから、ニューヨーク市の番号だ。だれも出ない。呼び出し音が六回鳴るとボイスメール機能が作動した。聞き覚えのあるディクソンの声に耳を傾け、ピーという音が鳴るのを待ってから、前と同じメッセージを残した。「ジャック・リーチャーだ。フランシス・ニーグリーからの10－30を受けて、カリフォルニア州ロサンゼルスの〈ベヴァリー・ウィルシャー〉にいる。さっさとニーグリーに折り返し電話してくれ」と。が、そこで間を置いてから付け加えた。「頼む、カーラ。どうしても連絡がほしいんだ」と。そして電話を切った。ニーグリーは携帯電話を閉じながら、首を横に振っている。

「だめだった」ニーグリーは言った。

「五人とも休暇をとっているのかもしれない」

「同時に？」

「五人とも刑務所にいるのかもしれない。われわれはかなりの荒くれ者だったからな」

「真っ先に調べた。刑務所にはいない」

リーチャーは何も言わなかった。

ニーグリーは言った。「あなたは本気でカーラのことが好きだったのね。電話をかけているときの口調が明らかにやさしかった」

「わたしはきみたち全員が好きだったとも」

「でも、特にカーラが好きだった。寝たの？」

リーチャーは言った。「いや」

「どうして寝なかったの？」

「わたしはカーラを引き抜いた。カーラの指揮官だった。だからそういうことはすべきではなかった」

「理由はそれだけ？」

「おそらく」

「わかった」

リーチャーは尋ねた。「五人の仕事については何を知っている？　五人とも同時に何日も連絡がとれなくなってもおかしくない理由はあるのか？」

「オドンネルは外国に行かなければならない場合があると思う」ニーグリーは言った。「かなり手広く仕事をしているのよ。夫婦間の問題にかかわる仕事なら、南の島のホテルに出向いたりしてもおかしくない。未払いの離婚後扶助料を払わせるためなら、どこに行ってもおかしくない。子供の誘拐や監護にかかわる仕事でも、どこに行ってもおかしくない。養子をほしがる人が、合法的な縁組をするために、東ヨーロッパや中国に探偵を送りこむことだってある。考えられる理由は多い」

「しかし？」

「そのどれかだとは思えないわね」

「カーラはどうなんだ」

「だれかの金を探しにケイマン諸島に行っている可能性はある。でも、カーラなら自分のオフィスからオンラインでやるはず。金が実際にそこにあるわけじゃないから」

「それならどこにある？」

「実体がないのよ。コンピュータの電気信号にすぎない」

「サンチェスとオロスコについては？」

「あのふたりは閉ざされた世界にいる。ラスヴェガスを離れる理由は思いつかない。

仕事がらみでは」

「スワンの会社についてわかっていることは？」

「実在する。事業をおこなっている。登記されている。所番地がある。それ以外はたいしてわかっていない」

「保安上の問題をかかえているはずだ。さもなければスワンは雇われなかっただろう」

「軍需企業はどこも保安上の問題をかかえている。それか、そのはずだと思いこんでいる。自分たちは重要な仕事をしていると思いたがっているから」

リーチャーはそれに対しては何も言わなかった。黙ってすわり、窓の外を眺める。暗くなりつつある。長い一日が終わろうとしている。口を開いた。「失踪した日の朝、フランツは事務所に行っていない」

「それは推測？」

「事実だ。アンジェラは夫のキーリングを持っていた。フランツが家に置いていったということだ。その日、別の場所に行くつもりで」

ニーグリーは何も言わない。

「そして、あの商店街の大家は悪党どもを見ている」リーチャーは言った。「フランツの事務所の錠は壊されていなかった。フランツのポケットに鍵はなかったから、悪党どもはそれを奪えなかった。だから大家をだますなり買収するなりして鍵を入手した。だから大家は悪党どもを見ている。だからあすは大家を見つけなければならない。ほかにもいろいろとやることはあるが」

「フランツはわたしに連絡するべきだった」ニーグリーは言った。「すべてをほうり出してでも駆けつけたのに」

「きみに連絡すればよかったのにとわたしも思う」リーチャーは言った。「きみがいれば、こんな悲劇は起こらなかったはずだ」

リーチャーとニーグリーはロビーの正面側の角にあるレストランで夕食をとった。ノルウェー産のただの水が八ドルもするような店だ。それからおやすみを言って別れ、それぞれの部屋へ向かった。リーチャーの部屋は、ニーグリーのスイートの二階下の、安っぽい真四角の部屋だった。リーチャーは裸になってシャワーを浴びると、たたんだ服をプレスするためにマットレスの下に差し入れた。ベッドにはいり、頭の後ろで両手を組み、天井を見あげる。カルヴィン・フランツのことをしばらく考えた。映像が脈絡もなく現れては消えていく。立候補した政治家の生涯が三十秒間のテレビCMに圧縮されるのに似ている。記憶が古いせいでいくつかの映像はセピア色になっているし、いくつかはぼやけているが、どの映像でもフランツは動き、話し、笑い、気力と活力にあふれている。やがてカーラ・ディクソンが切り替わる映像に加わった。小柄な黒っぽい髪の皮肉家で、フランツといっしょに笑っている。デイヴ・オドンネルもいる。長身、ブロンドの美男で、飛び出しナイフを隠し持った株式仲買人を思わせる。体力のあるジョージ・サンチェスは目を細め、笑みらしきものを浮かべて金歯をのぞかせているが、これは満足の表情に最も近い。それから、背丈と横幅が同じくらいのトニー・スワン。それから、音が大好きだという理由でジッポのライターをあけたり閉めたりしているマニュエル・オロスコ。スタン・ロウリーまで出てきて、自分にしか聞こえないリズムに合わせて首を振ったりテーブルに指を打ちつけたりしている。

目をしばたたくとすべての映像は消え、リーチャーは目を閉じて眠りに落ちた。夜の十時三十分に、長い一日を終えて。

ロサンゼルスが午後十時三十分なら、ニューヨークは翌日の午前一時三十分で、ロンドン発のブリティッシュ・エアウェイズの最終便が遅延してＪＦＫ空港に着陸したところだった。遅延によりブリティッシュ・エアウェイズの第七ターミナルの入国審査官はすでに退勤していたから、機は第四ターミナルへタキシングし、そこの巨大な到着ロビーに乗客をおろした。入国者の列の三番目に、機内では２Ｋの席でほぼずっとまどろんでいたファーストクラスの乗客がいた。中肉中背で、高級品を身に着け、見るからに鷹揚で自信に満ち、物腰が柔らかい。生まれてからずっと金持ちでいられるのがどれほど幸運かを知っている者にありがちな態度だ。歳は四十ぐらいだろう。黒っぽい髪は豊かで、つやがあり、きれいに散髪してある。肌は褐色で、目鼻立ちは整っている。外見からして、インド人でも、パキスタン人でも、イラン人でも、シリア人でも、レバノン人でも、アルジェリア人でもおかしくない。あるいは、イスラエル人やイタリア人でも。パスポートはイギリスのもので、念入りな入国審査をまったく問題なく通り、持ち主の男がマニキュアをした人差し指を指紋スキャナーにあてても、やはりまったく問題なく通った。シートベルトをはずしてから十七分後、男はニューヨークの輝く夜のもとに出で、並んでいるタクシーの先頭へ足早に向かった。

13

翌朝の六時にリーチャーはニーグリーのスイートに行った。ニーグリーはもう起きてシャワーも済ませていて、どうやら一時間ほどどこかで運動していたらしかった。この部屋で汗を流したのかもしれないし、ホテルのジムに行ったのかもしれない。ジョギングをしてきたのかもしれない。色つやがよく、活力に満ち、生気にあふれていて、酸素を含んだ大量の血液が体内を駆けめぐっているように思える。

ふたりはルームサービスで朝食を注文し、待ち時間は実りのない電話がけをもう一度することに使った。イースト・ロサンゼルスでも、ネヴァダでも、ニューヨークでも、ワシントンDCでもだれも出ない。メッセージを残すことはしなかった。リダイヤルボタンを押したり、番号を押し直したりすることもしなかった。電話を切ると、ふたりとも結果については話さなかった。黙ってすわっているうちにウェイターが来たので、卵とパンケーキとベーコンを食べ、コーヒーを飲んだ。それからニーグリーは入出庫サービス付きの駐車場の受付に電話をかけ、車を用意するよう頼んだ。

た。

「先にフランツの事務所に行く？」と訊く。

リーチャーはうなずいた。「フランツが中心人物だからな」

ふたりはエレベーターで下におり、マスタングに乗りこむと、ラ・シェネガ・ブールヴァードを南へのろくさと進み、カルヴァーシティのはずれにある郵便局へ向かった。

フランツの破壊された事務所のすぐ前に車を停め、ドライクリーニング店とネイルサロンと安売りの薬局の前を歩いて戻った。郵便局に客はいない。ドアの案内板によれば、三十分前から営業している。営業を開始した直後には混雑していたのかもしれないが、一段落したのは明らかだ。

「客がいないときには無理だな」リーチャーは言った。

「それなら、先に大家を捜すわよ」ニーグリーは言った。

薬局で尋ねた。調剤カウンターの向こうの旧型の防犯カメラの下に、短い白衣を着た老人が立っていた。ドライクリーニング店の店主が大家だと、老人は教えてくれた。家賃の小切手を渡している相手に対して店子（たなこ）が決まっていだくひそかな敵意のようなものが口ぶりに表れている。老人がかいつまんで語ったサクセスストーリーによれば、大家は韓国から来てクリーニング店を開業し、その利益をこの商店街全体に投資したらしい。アメリカンドリームが現在進行中ということだ。リーチャーとニーグリーは礼を言うと、ネイルサロンは素通りしてクリーニング店にはいり、捜していた男をすぐさま見つけた。化学薬品の悪臭が充満する狭苦しい作業場で駆けずりまわっている。六台の大きなドラム式洗濯機が回転している。アイロン台がシューという音を立てている。頭より高い位置にある電動のコンベヤーベルトから服が吊られ、作業場の中をめぐっている。男は汗みずくだ。懸命に働いている。商店街をふたつ持っていてもおかしくなさそうに見える。あるいは三つ持っていても。もう持っているかもしれない。あるいはもっと多く持っているかもしれない。

リーチャーは単刀直入に訊いた。「カルヴィン・フランツを最後に見たのはいつだ？」

「ほとんど見たことはないな」男は答えた。「見えなかったんでね。本人が真っ先にペンキを窓に塗ったせいで」迷惑しているような口ぶりだ。あの物件をまた貸すためには、スクレーパーを駆使しなければならないのを承知しているかのように。

リーチャーは言った。「あんたはミスター・フランツが出入りするところを見たことがあるはずだ。ここであんたより長時間働いている人はいないと思うが」

「たまに見かけたと思う」男は言った。

「たまに見かけることもなくなったのはいつごろだ？」

「三、四週間前だな」

「直後に男たちがやってきて、事務所の鍵を渡すよう頼んだだろう？」

「男たちというと？」

「あんたが鍵を渡した男たちのことだ」

「警官だったよ」

「ふた組目は警官だった」

「それならひと組目も警官だろう」

「ひと組目は身分証を見せたか？」

「見せたはずだ」

「見せていないはずだ」リーチャーは言った。「代わりに百ドル札を一枚見せたはずだ。二枚か三枚見せたかもしれない」

「だからなんだって言うんだ？　おれの鍵だし、おれの建物だ」

「どんな男たちだった？」

「なぜ教えないといけない？」

「われわれはミスター・フランツの元友人だからだ」

「元？」

「ミスター・フランツは死んだ。何者かにヘリコプターから突き落とされて」

ドライクリーニング店の店主は肩をすくめただけだ。

「その男たちのことは覚えていない」と言う。

「あんたは自分の物件をめちゃくちゃにされた」リーチャーは言った。「鍵と引き換えにいくらもらったにしろ、損害に釣り合う額ではないはずだ」

「物件の修繕はおれの問題だ。おれの建物なんだから」

「それがくすぶる灰の山と化したら？　わたしが今夜またここに来て、すべてを焼き尽くしたら？」

「そんなことをしたら刑務所行きだぞ」

「そうは思わないな。あんたほど記憶力の悪い人間は、警察に何も教えられないだろう」

男はうなずいた。「白人だった。人数はふたり。紺のスーツ。新車。どこにでもいるような男たちだった」

「それだけか？」

「ただの白人だった。警官ではなかったな。こぎれいすぎたし、金持ちすぎた」

「変わったところは何もなかったのか？」

「あれば教えてる。おれの物件をめちゃくちゃにされたんだから」

「わかった」

「友人のことは残念だよ。好人物そうだったのに」

「好人物だった」リーチャーは言った。

14

　リーチャーとニーグリーは郵便局に歩いて戻った。狭くて埃っぽいところだ。内装はいかにも政府の建物らしい。またそれなりに混みだしている。いつもの朝の業務が本格的にはじまっている。窓口係はひとりだけで、順番待ちの客の短い列ができている。ニーグリーはリーチャーにフランツの鍵を渡すと、列に並んだ。リーチャーは奥にあった腰の高さの細長いカウンターに歩み寄り、書類入れから無作為に用紙を取った。配達証明の利用申込書だ。鎖につながれているペンを用い、かがんで用紙に記入しているふりをした。体を横向きにして、カウンターに片肘を突き、手を動かしつづける。ニーグリーに目をやった。列の先頭まで三分ほどだろう。その時間を使い、私書箱の列を観察した。

　ロビーの端の壁一面を占めている。大きさは三種類ある。小型、中型、大型だ。小型が六段、その下に中型が四段、その下の床寄りに大型が三段ある。小型は全部で百八十個、中型は九十六個、大型は五十四個。すべて合わせると三百三十個。

どれがフランツの私書箱なのか。

大型のどれかであるのはまちがいない。フランツは事業主で、その事業はかなりの量の郵便物が届くたぐいのものだった。リーガルサイズの分厚い小包の形で届くこともあっただろう。信用報告書とか、財務情報とか、裁判記録とか、二十センチ×二十五センチの写真とかが。大きな硬い封筒とかも。専門誌とかも。だから大型の私書箱だ。

だが、大型の私書箱のどれなのか。

突き止めようがない。フランツに選択の自由があったのなら、上から一段目、つまり下から三段目の、右端を選んだだろう。通りに面したドアからよけいに歩き、わざわざリノリウムの床の上にしゃがみたがる者などいるはずがない。しかし、フランツに選択の自由はなかったはずだ。私書箱の利用を申しこんだら、そのとき空いている私書箱が割り当てられる。遺産のようなものだ。だれかが死んだり引っ越したりしたら、そのだれかの私書箱が空くので、別のだれかに受け継がれる。つまりは運任せ。くじと同じだ。当たりを引く確率は五十四分の一。

ポケットに左手を突っこみ、フランツの鍵を指でいじった。鍵が合うかどうかを確かめるのに、錠ひとつにつき二、三秒はかかるだろう。最悪の場合、私書箱の列の前で三分近くも怪しげな動きをすることになる。もろに人目にさらされた状態で。最悪よりも悪い場合、ちょうどはいってきた正当な利用者の前でその私書箱をあけようとしているという事態になりかねない。問いただされ、文句を言われ、叫ばれ、郵便警察を呼ばれ、大騒ぎされかねない。そうなったら無事にロビーを出るのはどう考えても無理だが、なんの収穫もなく出たくはない。

ニーグリーの声が聞こえた。「おはよう」

左に視線を向けると、ニーグリーが窓口の列の先頭にいた。身を乗り出し、注意を引きつけている。窓口係はニーグリーに視線を固定している。リーチャーはペンを置き、ポケットから鍵を出した。私書箱が並んだ壁に目立たないように行き、上段の左端の錠を試した。

あかない。

鍵を左右にひねった。錠は動かない。鍵を抜き、中段の錠を試した。あかない。下段の錠。あかない。

ニーグリーは航空便の料金に関して長々と複雑な質問をしている。両肘をカウンターに置いて。窓口係が世界で最も重要な人物であるかのような印象を与えている。リーチャーは右にずれ、上段のひとつ右の箱を試した。

あかない。

四個失敗、残りは五十個。十二秒が消費され、当たりの確率は一・八五パーセントから二パーセントに上昇している。中段の箱を試した。あかない。しゃがんで下段の箱を試した。

あかない。

しゃがんだまま右にずれた。つぎの列は下からはじめる。下段ははずれ。中段ははずれ。上段もはずれ。九個失敗、二十五秒経過。ニーグリーはまだ話している。そのとき、左側に女が体を押しこんできたのに気づいた。ずっと上の自分の私書箱をあけている。まるまったどうでもいい郵便物の塊を掻き集めている。立ったまま仕分けしている。どけ、と念じた。ごみ箱のほうに行け。女は後ろにさがった。リーチャーは右に動き、四列目を試した。ニーグリーはまだ話している。窓口係はまだ聞いている。鍵は上段の箱には合わなかった。中段の箱にも。下段の箱にも。

十二個失敗。これで確率は四十二分の一。ましになったが、高いとは言えない。五列目のどれにも鍵は合わなかった。六列目も。十八個失敗。三分の一が終わった。当たりの確率は少しずつ上昇している。前向きに考えろ。ニーグリーはまだ話している。声が聞こえる。ニーグリーの後ろに並んでいる人たちはしだいに苛立(いらだ)ちを募らせていることだろう。足を踏み換えていることだろう。退屈し、何かおもしろいものはないかと周囲に視線を走らせていることだろう。

七列目の上段にとりかかった。鍵をひねる。錠はまわらない。中段も。下段も。ニーグリーは話すのをやめている。窓口係が何かを説明している。ニーグリーはわからないふりをしている。リーチャーはさらに右にずれた。八列目。上段の箱に鍵は合わない。ロビーから音が消えていく。背中に視線を感じる。手をさげ、八列目の中段の箱を試した。

鍵をひねる。小さな金属音がやけに大きく響く。

あかない。

ロビーは静まり返っている。

八列目の下段の箱を試した。

鍵をひねる。

まわった。

錠がはずれた。

一歩さがり、小さな戸を全開にすると、しゃがんだ。中はいっぱいだ。クッション封筒、大きな茶封筒、大きな白封筒、手紙、カタログ、ビニールで包装された雑誌、葉書。

ロビーに音が戻ってきた。

「ご親切にどうもありがとう」と言うニーグリーの声が聞こえた。タイルの上を歩く足音も。後ろに並んでいた人たちが進む音も。老いて死ぬ前に用事を片づけられそうだと、気を取り直しているのが感じとれる。箱に手を入れ、中身を手前に掻き集めた。ひとつ残らずしっかりと束にまとめ、左右の手のひらのあいだにはさんで立ちあがる。束を小脇にかかえ、箱をふたたび施錠して鍵をポケットにしまい、この世で最も自然なふるまいのように歩き去った。

ニーグリーは三軒先に停めたマスタングの中で待っていた。リーチャーは身を乗り出して郵便物の束をセンターコンソールの上に置いてから、自分も車に乗りこんだ。束を仕分けし、見覚えのあるフランツの筆跡で本人宛の表書きが記された小さなクッション封筒四つを抜き出した。

「ＣＤを入れるには小さすぎるな」と言う。

消印の日付順に並べた。直近の消印は、フランツが失踪した日の朝に押されている。

「だが、前日の夜に投函されたはずだ」と言った。

封筒を開封して振ると、小さな銀色の物体が転がり出た。金属製、平らで、長さは五センチ強、幅は二センチ弱、薄く、樹脂製のキャップがはめられている。キーリングに付けられそうな品だ。１２８ＭＢと印字されている。

「これはなんだ？」と尋ねた。

「ＵＳＢメモリーよ」ニーグリーは言った。「フロッピーディスクの進化版。駆動部分がなくて、記憶容量が百倍もある」

「どうすればいい？」

「わたしのパソコンに差しこめば中身が見られる」

「そんなに簡単にいくのか？」

「パスワードで保護されていなければ。たぶん保護されているけど」

「そういうときに役立つソフトウェアはないのか？」

「昔はあった。でも、いまはもうない。技術はどんどん改良されているのよ。見方によっては、改悪されているとも言えるわね」

「それならどうする？」

「車に乗っているあいだに、頭の中でリストを作る。フランツのパスワード候補の。昔ながらの方法よ。三回失敗したら、ファイルは自動的に消去されると思う」

　ニーグリーはエンジンをかけ、路肩からゆっくりと車を出した。商店街の緊急車両用車線を使って上手にＵターンし、北のラ・シェネガ・ブールヴァードへ向かった。

　紺のスーツを着た男が走り去るふたりを見つめていた。四十メートル離れた薬局の駐車場に停めた紺のクライスラーのセダンの運転席で、頭を低くしていた。男は携帯電話を開き、ボスに連絡した。

「今回、ふたりはフランツの事務所には見向きもしませんでした」と言う。「代わりに大家と話していました。それからしばらく郵便局にいました。フランツは情報を自分宛に郵送していたにちがいありません。だから見つからなかったんです。たぶんいまそれはふたりの手のうちにあります」

15

　ニーグリーはノートパソコンの側面のスロットにＵＳＢメモリーを差しこんだ。リーチャーは画面を見つめた。一秒ほどは何も起こらなかったが、すぐにアイコンが表示された。いま接続した物体を簡略化した図形に似ている。名前はつけられていない。ニーグリーはタッチパッドに人差し指を這わせ、アイコンをダブルタップした。

　アイコンがパスワードを要求するフルスクリーンの画像に切り替わった。

「やっぱり」ニーグリーは言った。

「当然だな」リーチャーは言った。

「何か思いつく？」

　リーチャーはかつて、コンピュータのパスワードを突き止めたことが何度もあった。例によって、相手のことを考え、相手のように考えるのがこつだ。相手になりきれ。病的なほど疑り深い者は、小文字と大文字と数字を長々と組み合わせ、本人を含めただれにとっても意味をなさないパスワードを用いる。そういうパスワードは突き止めるのが不可能だと言っていい。だが、フランツはけっして疑り深くはなかった。ざっくばらんな男で、セキュリティ上の要求を真剣に考えつつも、少しふざけるところもあった。それに、数字派ではなくことば派だった。趣味がいくつもあり、熱中するたちだった。愛情深く、とても誠実だった。教養はほどほどだった。記憶力は抜群だった。

リーチャーは言った。「アンジェラ、チャーリー、マイルス・デイヴィス、ドジャース、コーファックス、パナマ、ファイファー、マッシュ、ブルックリン、ハイディ、ジェニファー」

ニーグリーは螺旋綴じのノートの新しいページにそれらをすべて書き留めた。

「どうしてこれらだと？」と訊く。

「アンジェラとチャーリーについてはわかりやすいな。家族だからだ」

「わかりやすすぎる」

「そうかもしれない。そうでないかもしれない。マイルス・デイヴィスはフランツが気に入っていたミュージシャンで、ドジャースは気に入っていた球団で、サンディ・コーファックスは気に入っていた野球選手だ」

「可能性はあるわね。パナマというのは？」

「一九八九年末にそこに派遣されたんだよ。フランツが最もやりがいのある仕事をできたのがパナマだと思う。だから記憶に残っていたはずだ」

「ファイファーというのはミシェル・ファイファーのこと？」

「気に入っていた女優だ」

「アンジェラと少し似ているわよね」

「そのとおり」

「マッシュは？」

「いちばん好きだった映画だ」リーチャーは言った。

「あなたと親しくしていた、十年以上前の話よね」ニーグリーは言った。「その後もいい映画はたくさん作られているけど」

「パスワードは古い記憶に根ざしているものだ」

「短すぎる。最近のソフトウェアはたいてい六文字以上を要求する」

「わかった、マッシュ（MASH）は消していい」

「ブルックリンは？」

「出身地だ」

「知らなかった」

「あまり知られていなかったからな。幼いころ、西部に引っ越したんだ。だから恰好（かっこう）のパスワードになる」

「ハイディは？」

「はじめて真剣に付き合った恋人だ。とびきりの美人だったらしい。ベッドでもすごかったとか。フランツはぞっこんだった」

「全然知らなかった。男同士の話の輪にわたしが入れてもらえなかったのはまちがいないわね」

「まちがいない」リーチャーは言った。「カーラ・ディクソンだって同じだった。われわれは軟弱に見られたくなかったからな」

「ハイディ（Heidi）もこのリストから消しておく。五文字しかないし、最近のフランツはアンジェラに惚（ほ）れこんでいた。どれほど美人だろうと、ベッドですごかろうと、昔の恋人の名前をパスワードに使うのは気が引けたはず。同じ理由でミシェル・ファイファーも消すわね。ジェニファーというのはだれ？　二番目の恋人？　やっぱり美人だったの？」

「ジェニファーは飼っていた犬の名前だ」リーチャーは言った。「子供のころに。小型の黒い雑種犬だったらしい。十八年も生きた。死んだとき、フランツは落ちこんでいた」

「それなら可能性はある。でも、まだ六つも残っている。三回しか試せないのに」

「十二回試せる」リーチャーは言った。「封筒は四つあるから、ＵＳＢメモリーも四つある。消印がいちばん古いものからはじめれば、三つ目まではだめにしてもかまわない。どうせその情報は古い」

　ニーグリーはホテルの机の上に、四つのＵＳＢメモリーを日付順に正しく並べた。

「パスワードを毎日変えていた可能性はないわよね？」

「フランツが？」リーチャーは言った。「まさか。フランツのような男は自分にとって意味のあることばにこだわって、ずっと使いつづける」

　ニーグリーはいちばん古いＵＳＢメモリーをスロットに差し、対応するアイコンが画面に表示されるのを待った。それをダブルタップし、タブキーでカーソルをパスワードの入力ボックスに直接移動させた。

「さて」と言う。「おすすめの優先順位はある？」

「人名を先に試せ。それから地名だ。フランツもその順で考えたと思う」

「ドジャースは人名？」

「もちろんそうだ。野球は人がやるものだからな」

「わかった。でも音楽からはじめるわよ」ニーグリーは〝マイルスデイヴィス(MilesDavis)〟と打ち、エンターキーを押した。短い間を置いて、画面が更新され、ふたたび入力ボックスが表示されたが、赤字で〝一度目に入力したパスワードがまちがっています〟と警告された。

「一回失敗」ニーグリーは言った。「つぎはスポーツよ」

〝ドジャース（Dodgers）〟を試す。

〝パスワードがまちがっています〟。

「二回失敗」〝コーファックス（Koufax）〟と打つ。

ノートパソコンのハードディスクがカリカリと音を立て、画面が真っ暗になった。

「どうした？」リーチャーは訊いた。

「データを処分している」ニーグリーは言った。「消去しているということ。コーファックスじゃなかった。三回失敗」

スロットからUSBメモリーを抜き、長い銀色の弧を描くようにして、ごみ箱にほうりこむ。ふたつ目のUSBメモリーをスロットに差しこんだ。〝ジェニファー（Jennifer）〟と打つ。

〝パスワードがまちがっています〟。

「四回失敗」ニーグリーは言った。「犬じゃなかった」

〝パナマ（Panama）〟を試す。

〝パスワードがまちがっています〟。

「五回失敗」〝ブルックリン（Brooklyn）〟を試す。

画面が真っ暗になり、ハードディスクがカリカリと音を立てた。

「六回失敗」ニーグリーは言った。「昔住んでいた土地でもなかった。六打数無安打よ、リーチャー」

ふたつ目のUSBメモリーもごみ箱に投げこまれて乾いた音を立て、ニーグリーは三つ目を差しこんだ。

「何か思いつく？」

「きみの番だ。わたしは勘が鈍ったらしい」

「昔の認識番号はどう？」

「考えにくいな。フランツは数字派ではなくことば派だった。それに、わたしの場合、認識番号は社会保障番号と共通だった。フランツも同じだろうから、わかりやすすぎる」

「あなたなら何を使う？」

「わたしなら？　わたしは完全に数字派だ。キーボードのいちばん上の段に一列に並んでいて、押しやすい。タイプ打ちに慣れていなくても問題ない」

「あなたならどんな数字を使う？」

「六文字で？　月、日、年の順で自分の誕生日を書き出して、それに最も近い素数を探すだろう」そこでリーチャーは少し考えてから言った。「いや、それだと困ったことになるな。最も近い素数がふたつあるからだ。ひとつは七だけ小さく、もうひとつは七だけ大きい。だから代わりに平方根を用いると思う。小数第四位を四捨五入して。小数点を無視すれば、どの位の数字も異なる六桁の数字が得られる」

「変な人」ニーグリーは言った。「フランツはそんなことをしないと断言できると思う。たぶん世界中であなた以外のだれもそんなことはしない」

「だからこそ恰好のパスワードになる」

「フランツがはじめて買った車は？」

「おんぼろだろうな」

「でも、男の人は車好きよね？　フランツのお気に入りの車は？」

「わたしは車好きではないぞ」

「フランツのように考えるのよ、リーチャー。フランツは車好きだった？」

「赤のジャガーXKEをずっとほしがっていた」

「試してみる価値はありそう？」

〝趣味がいくつもあり、熱中するたちだった。愛情深く、とても誠実だった〟。

「あるかもしれない」リーチャーは言った。「パスワードが本人にとって特別なものであるのは確かだ。お守りのようなもので、そのことばを思い出すだけで心が温まるようなものだな。若いころの役割モデルか、ずっと昔からの欲求や愛情の対象だろう。だからＸＫＥで合っているかもしれない」

「試すべき？　残りは六回しかないけど」

「残りが六百回あればまちがいなく試すところだが」

「待って」ニーグリーは言った。「アンジェラが言っていたわよね。特別捜査官にはけっして喧嘩を売ってはならない、というのがフランツの口癖だったと」

「やたらと長いパスワードになるぞ」

「だから分けるのよ。〝特別捜査官（special investigators）〟と〝喧嘩を売ってはならない（do not mess）〟に」

〝記憶力は抜群だった〟。リーチャーはうなずいた。「あのころのわれわれは充実した時間を過ごしたと言っていい。だからフランツも昔を思い出すと心が温まったかもしれない。カルヴァーシティのあんなところに引きこもって、無為に日々を過ごしていたのならなおさらだろう。人は懐旧の情に浸るものだ。〈追憶〉という歌のように」

「同名の映画の主題歌だった」

「そのとおり。万国共通の感情だ」

「どちらから試すべき？」

リーチャーの頭の中で、チャーリーの小さな男の子らしい甲高い声が響いた――

〝け、っ、し、て喧嘩を売ってはならないんだよ〟。

「喧嘩を売ってはならない」リーチャーは言った。「九文字だな」

ニーグリーは〝喧嘩を売ってはならない（do not mess）〟と打った。

エンターキーを押す。

〝パスワードがまちがっています〟。

「だめね」と言う。

〝特別捜査官（special investigators）〟と打つ。そしてエンターキーの上に指を浮かせた。

「ずいぶん長い」リーチャーは言った。

「やる、それともやらない？」

「試せ」

〝パスワードがまちがっています〟。

ニーグリーは「参ったわね」と言って黙りこんだ。

チャーリーの姿がまだ頭の中に残っている。上端にその名前がきれいに焼きつけられた小さな椅子も。作業をするフランツの落ち着いた手つきが目に浮かぶ。木の焦げるにおいが嗅げそうだ。父親から息子への贈り物。あれを手はじめに、たくさんのものを贈るつもりだったのだろう。愛情や、誇りや、献身を。

「チャーリーはいい感じだな」と言った。

「わたしもそう思う」ニーグリーは言った。「かわいい子だった」

「いや、パスワードとしてだ」

「わかりやすすぎる」

「フランツはこういうことを真剣に考えるたちではなかった。形だけのものだったはずだ。パスワードを入力しなくても済むようにソフトウェアのプログラムをいじくるより、何かなじみのことばを入力するほうが簡単だったのだろう」

「だとしてもわかりやすすぎる。それに、フランツだって真剣に考えたはず。少なくとも今回ばかりは。窮地に陥って、自分宛に情報を郵送していたくらいなんだから」

「だからこそ、裏の裏をかいた可能性がある。チャーリーならわかりやすいだけに、だれも試そうとは思わない。非常に巧妙なパスワードになる」

「可能性はあるけど、低い」

「これの中には何が保存されている？」

「是が非でも見ておきたい何かが」

「わたしの顔を立てて、チャーリーを試してくれ」

ニーグリーは肩をすくめ、〝チャーリー（Charlie）〟と打った。

エンターキーを押す。

〝パスワードがまちがっています〟。

ハードディスクが回転し、ＵＳＢメモリーの中身が自動的に消去された。

「九回失敗」ニーグリーは言った。三つ目のＵＳＢメモリーをごみ箱に投げ入れ、四つ目を差しこむ。最後のひとつだ。「あと三回」

リーチャーは尋ねた。「チャーリーが生まれる前、フランツが愛していたのは？」

「アンジェラ」ニーグリーは言った。「あまりにもわかりやすすぎる」

「試せ」

「本気なの？」

「わたしは博打打ちなんだよ」

「チャンスはあと三回しかないのよ」

「試せ」リーチャーは繰り返した。

ニーグリーは〝アンジェラ〟と打った。

エンターキーを押す。

〝パスワードがまちがっています〟。

「十回失敗」ニーグリーは言った。「あと二回」

「アンジェラ・フランツはどうだ？」

「もっと見こみは薄い」

「アンジェラの旧姓はどうだ？」

「旧姓を知らない」

「電話をかけて訊いてみろ」

「本気なの？」

「知っておいて損はない」

ニーグリーはノートをめくって番号を見つけ、携帯電話を使った。改めて名乗っている。少し雑談している。それから訊きたいことを訊いた。アンジェラの答はリーチャーには聞こえなかった。だが、ニーグリーがわずかに目を見開くのは見てとれた。ニーグリーの場合、驚愕（きょうがく）して卒倒するのと同じだ。

ニーグリーは電話を切った。

「ファイファーだった」と言う。

「興味深いな」

「とても」

「親類なのか？」

「そうは言っていなかった」

「よし、試せ。ふたつの条件を完璧に満たしている。フランツは二重に心が満たされるし、自分を浮気者のように思わずに済む」

ニーグリーは〝ファイファー（Pfeiffer）〟と打った。

エンターキーを押す。

〝パスワードがまちがっています〟。

16

部屋は暑く、息苦しい。風通しが悪い。それに、狭くなったように感じる。ニーグリーは言った。「十一回失敗。あと一回。一か八か。最後のチャンスよ」

リーチャーは訊いた。「もし何もしなかったらどうなる？」

「ファイルの内容を読めない」

「いや、そういうことではなくて、いまやらなければならないのか？　それともあとまわしにできるのか？」

「USBメモリーが勝手にどこかに行ったりはしないわよ」

「それならひと息入れるべきだ。あとで再挑戦しよう。残り一回なのだから、頭を使わなければならない」

「これまでは使っていなかったの？」

「正しい使い方でなかったのは明らかだ。イースト・ロサンゼルスへ行って、スワンを探そう。見つかったら、スワンが何か思いついてくれるかもしれない。見つからなくても、少なくとも気分転換して再挑戦できる」

ニーグリーがふたたび駐車場の受付に電話をかけてから十分後、ふたりはマスタングに乗ってウィルシャー・ブールヴァードを東へ向かっていた。ウィルシャー・センター、ウェストレイクを抜け、南に曲がってマッカーサーパークを突っ切った。それからパサデナ・フリーウェイを北東へ進み、がらがらの広大な駐車場の中にそびえるドジャー・スタジアムのコンクリートの塊の横を走り過ぎた。それからボイル・ハイツ、モンテレーパーク、アルハンブラ、サウス・パサデナに囲まれた、一般道路が入り組んでいる地区の奥へ進んだ。サイエンスパークやビジネスパークやショッピングモールや新旧の住宅が並んでいる。路肩は駐車車両が連なり、どこもゆっくりと進む車だらけだ。空は茶色い。ニーグリーはグローブボックスにランドマクナリー社の大まかな地図を入れていた。それを見るのは上空八十キロから地表を見るようなものだった。リーチャーは目を凝らし、薄い灰色の線をたどった。案内標識の道路名と地図の道路名を照らし合わせたが、交差点を特定できるのはそこを走り過ぎて三十秒ほど経ってからだった。ニューエイジの所在地を親指で押さえ、ニーグリーに道順を指示したが、大きなゆがんだ渦を描くようにして進むことになった。

到着すると、御影石（みかげいし）を彫った低い看板があり、上部にレイザーワイヤーを螺旋状にめぐらした高い金網フェンスの向こうに、ミラーガラスを張った大きくきらびやかな立方体のビルがあった。フェンスは一見立派だが、ボルトカッターがあれば十秒のうちに無傷で通り抜けられるだろうから、さほどたいしたものではない。ビル自体は装飾用の木がところどころに植えられた広い駐車場に囲まれている。ミラーガラスに木々と空が映りこんでいるせいで、ビルがそこにあるようにもないようにも見える。

正門は貧弱な代物で、あけ放たれ、脇に守衛の詰所(つめしょ)はない。ただの門だ。その先の駐車場は半分ほど埋まっている。ニーグリーはコピー機のトラックが出ていくのを待ってから、中にマスタングを進め、ビルのエントランス近くの来客用駐車場に停めた。ふたりは車をおり、しばらく立ち尽くした。時刻は午前の半ばで、空気は蒸し暑い。あたりは静かだ。まるでおおぜいの人が一心不乱に何かをやっているか、逆にだれもたいしたことはやっていないように思える。

エントランス手前の低い踏み段をのぼると両開きのガラスの自動ドアが開き、ロビーへとふたりを招き入れた。四角く、広く、床はスレート、壁はアルミニウムが使われている。奥に革張りの椅子が数脚と、長い受付カウンターがある。カウンターの向こうには三十歳ぐらいのブロンドの女がいる。着ているのは会社制服のポロシャツで、小ぶりな左胸の上に〝ニューエイジ・ディフェンス・システムズ〟という刺繡(ししゅう)がされている。ドアが開く音は聞こえたはずなのに、女はリーチャーとニーグリーが床を半分ほど進むまで待ってから顔をあげた。

「ご用件を承ります」女は言った。

「トニー・スワンに会いにきた」リーチャーは言った。

　女は機械的に笑みを浮かべて尋ねた。「お名前をうかがってもよろしいですか」

「ジャック・リーチャーとフランシス・ニーグリーだ。軍にいたころ、トニー・スワンとは親しい友人だった」

「お掛けになってお待ちください」女は卓上電話の受話器を手に取り、リーチャーとニーグリーはカウンターから離れて革張りの椅子に歩み寄った。ニーグリーは腰をおろしたが、リーチャーは立ったままでいた。アルミニウムにぼやけて映っている電話中の女を観察していると、「トニー・スワンのご友人ふたりが会いにいらっしゃっています」と伝えるその声が聞こえてきた。女は受話器を置くと、視線を直接向けられていないにもかかわらず、リーチャーのほうに向かって笑みを浮かべた。ロビーは静かになった。

　静かなまま四分ほど過ぎたころ、カウンターの斜め後ろの、ロビーに通じる廊下から、スレートを打つ足音が聞こえた。歩調は一定で、急いではなく、中肉中背の人間だ。廊下の出口を見つめるうちに、女が視界に現れた。四十がらみ、細身、しゃれた髪形の茶色い髪。仕立てのいい黒いパンツスーツと白いブラウスを着ている。明敏で有能そうに見え、顔には穏やかな歓迎の表情を浮かべている。女は感謝のしるしに受付係に微笑みかけると、その横を抜けてリーチャーとニーグリーにまっすぐ歩み寄った。手を差し出して言う。「マーガレット・ベレンソンです」

ニーグリーは立ちあがり、リーチャーとともに名乗って握手を交わした。近くで見ると、女は昔交通事故にでも遭ったのか、化粧の下に湾曲した傷跡があり、ガム好きらしく息に清涼感がある。上品なアクセサリーを身に着けているが、結婚指輪ははめていない。

「トニー・スワンに会いにきたんだが」リーチャーは言った。

「うかがっております」女は言った。「場所を変えてお話ししましょう」

アルミニウム製の壁板の一枚がドアになっていて、ロビーに接する四角く狭い会議室に通じていた。奥の聖域に招く価値のない来客と話すための場所であるのは明らかだ。涼しい閑散とした部屋で、テーブルが一脚と椅子が四脚置かれ、床から天井まである窓は駐車場に面している。ニーグリーのマスタングのフロントバンパーが一メートル半ほど向こうにある。

「マーガレット・ベレンソンです」女は改めて名乗った。「ニューエイジの人事部長を務めております。率直に申しあげますが、ミスター・スワンはもうここで働いてはいません」

リーチャーは尋ねた。「いつから？」

「三週間あまり前からです」ベレンソンは言った。

「何があった？」

「おふたりがミスター・スワンと親しい仲であることを確認できれば安心してお話しできるのですが。受付カウンターに行って昔の友人だと名乗ることはだれでもできますので」

「どうやって証明すればいいのかわからない」

「ミスター・スワンの外見は？」

「身長百七十五センチ、横幅百七十三センチぐらいだな」

ベレンソンは微笑した。「ミスター・スワンは石をペーパーウェイトとして使っていたと申しあげたら、どこの石かおわかりになりますか」

「ベルリンの壁だ」リーチャーは言った。「壁が崩壊したとき、スワンはドイツにいた。直後に現地でわたしと会った。スワンは列車に乗って記念品を取ってきた。それと、石ではなくコンクリートだ。落書きが残っている」

ベレンソンはうなずいた。

「わたしが聞いた話と同じです」と言う。「それに、わたしが見たものと同じです」

「それで、何があった？」リーチャーは尋ねた。「辞めたのか？」

ベレンソンは首を横に振った。

「正確にはちがいます」と言う。「やむなく解雇したのです。わが社は設立されたばかりです。ミスター・スワンだけではありません。ご理解いただきたいのですが、わが社は設立されたばかりです。経営はつねに綱渡りで、つねに危険と隣り合わせでした。事業計画という点では、わが社は目標を達成しておりません。少なくとも、いまはまだ。そこで、従業員数を見直すに至りました。あいにく、削減する方向で。最後に採用した者を最初に解雇する方針をとったのですが、それは原則として副部長クラス全員の解雇を意味しました。わたしの下にいた副部長も解雇されています。ミスター・スワンは保安部の副部長でしたから、残念ながらこの方針にもとづいて解雇されました。貴重な人材でしたので、断腸の思いでした。景気がよくなれば、復帰をお願いしたいと考えております。しかしながら、ミスター・スワンなら、そのころには別の職に就いているでしょうね」

リーチャーは窓越しに半分空の駐車場を一瞥した。このビルの静けさに耳を傾ける。ここも半分空のように思える。

「なるほど」と言った。

「なるほど、じゃない」ニーグリーが言った。「この三日間、スワンの職場に何度も電話をかけたけど、ちょっと席をはずしているといつも言われた。つじつまが合わない」

ベレンソンはふたたびうなずいた。「仕事上の礼儀として、そう対応するようわたしが主張したのです。こういう仕事ですと、知人たちにそうした情報を人づてに知られてしまうのは、本人にとって大問題になります。ミスター・スワンが自分の口から伝えるほうがはるかに好ましいのです。自分に都合よく言いつくろえますし。だからこの再建期間中、残った秘書たちは罪のないささやかな嘘を言うべきだとわたしは主張しました。お詫びはしませんが、ご理解いただければ幸いです。解雇した従業員のためにできるせめてものことですので。ミスター・スワンがあたかもみずから望んだかのように新しい雇用主に自分を売りこめれば、解雇されたのだと周囲に知られるよりも、ずっと立場はよくなります」

ニーグリーはしばらく考えていたが、やがてうなずいた。

「なるほど」と言う。「言いたいことはわかる」

「ミスター・スワンの場合はなおさらです」ベレンソンは言った。「とても好感の持てる人物でしたから」

「好感の持てない人物はどうするの？」

「そんな人物はいませんでした。わが社は信頼できない人物をけっして雇いません」

リーチャーは言った。「わたしもスワンに電話をかけたが、だれも出なかった」

ベレンソンはプロフェッショナルらしく辛抱強い態度を崩さず、みたびうなずいた。「秘書たちも減らさなければならなかったのです。残っている秘書たちはひとりで五、六本の回線を担当しています。すべての電話には出られないときもありまして」

リーチャーは訊いた。「事業計画はどうなった？」

「詳しくはお話ししかねます。ですが、ご理解いただけると思っております。あなたは軍にいらっしゃったのですから」

「ふたりとも軍にいた」

「でしたら、すぐに実用化される新しい兵器システムがどれほどあるかはご存じでしょう」

「多くはない」

「ひとつも、ありません。わが社のものも見こみより少し時間がかかっています」

「どんな種類の兵器なんだ？」

「それはお話ししかねます」

「どこで製造している？」

「ここで」

リーチャーは首を横に振った。「いや、ここではない。ここのフェンスは三歳児でも通り抜けられそうだし、門に守衛の詰所はないし、ロビーは無防備だ。ここで機密にかかわるものを扱っていたのなら、トニー・スワンがそんな状態をほうっておくはずがない」

「わが社の警備態勢については何も申しあげられません」

「スワンの上司はだれだった？」

「保安部長のことですか？　ロサンゼルス市警の元警部補です」

「その人物は解雇せず、スワンを解雇したのか？　最後に採用した者を最初に解雇する方針は会社の利益になっていないぞ」

「わが社に残った人も、わが社を去った人も、みなすばらしい人たちです。人員削減をすることになったのは残念です。しかし、どうしても避けて通れなかったのです」


二分後、リーチャーとニーグリーはニューエイジの駐車場に停めたマスタングに戻り、エアコンを使うためにアイドリング中の車内にすわっていた。この惨事の規模がいまやふたりには明らかになっている。

「タイミングが悪すぎる」リーチャーは言った。「スワンは突然失業した。そこへ困り果てたフランツが連絡してきたら、スワンのやることは決まっている。すぐに駆けつけただろう。二十分で行ける」

「失業していようといまいと駆けつけたはずよ」

「全員が駆けつけるだろうな。実際に全員がそうしたと思う」

「それなら、全員もう死んでいるの？」

「最善を望み、最悪に備えよ」

「あなたの望みどおりになったわね、リーチャー。わたしたちふたりだけになった」

「こんな理由では望まなかった」

「どうしても信じられない。あの全員が？」

「だれがやったにしろ、報いは受けさせる」

「できるの？　手がかりは何もない。パスワードはあと一回しかチャンスがない。当然、わたしたちは失敗を恐れるあまり、一か八かの賭けには出られない」

「失敗を恐れている場合ではない」

「それならなんと入力するべきか言って」

リーチャーは何も言わなかった。


来た道を戻り、一般道路を抜けていった。ニーグリーは無言で運転し、リーチャーは三週間以上前に同じ道に車を走らせるトニー・スワンの姿を想像した。トランクの中にはニューエイジの自分の席から持ち帰った私物の箱があったかもしれない。ペンとか、鉛筆とか、ソ連がらみのコンクリートの破片とかだ。スワンは昔の仲間を助けに向かっている。ほかの昔の仲間たちも、見えざる車輪のスポークを伝って押し寄せている。サンチェスとオロスコはラスヴェガスを出て一五号線を突き進む。オドンネルとディクソンは東海岸から飛行機で来て、荷物をかかえ、タクシーに乗り、集まる。

顔を合わせ、挨拶を交わす。

そして壁に突きあたる。

そこで仲間たちの姿は消え、リーチャーはまたニーグリーとふたりきりで車に乗っていた。〝わたしたちふたりだけになった〟。事実には向き合うべきであり、あらがうべきではない。

〈ベヴァリー・ウィルシャー〉の駐車場に車を預け、曲がった廊下を通って裏からロビーに歩み入った。無言でエレベーターに乗り、上へ行く。ニーグリーがカードキーを使い、自分の部屋のドアを押しあけた。

そこで急に立ち止まった。

窓際の椅子にスーツ姿の男がすわり、カルヴィン・フランツの検死報告書を読んでいたからだ。

長身、ブロンド、貴族然として、楽にしている。

デイヴィッド・オドンネルだ。

17

オドンネルは顔をあげたが、表情は暗かった。「電話のボイスメール機能に吹きこまれていたあの口汚くてぶしつけなメッセージの意味を尋ねるつもりだった」と言ってから、説明代わりに検死報告書を掲げた。「だが、これでわかったよ」

ニーグリーは訊いた。「どうやってこの部屋にはいったの？」

オドンネルは「おいおい」と言っただけだ。

「いったいどこにいた？」リーチャーは尋ねた。

「ニュージャージー州にいた」オドンネルは言った。「姉が病気で」

「病状は？」

「とても悪かった」

「亡くなったのか？」

「いや、持ち直した」

「だったら何日も前にここに来てもよかったはずだ」

「お気遣いに感謝するよ」

「心配していたのよ」ニーグリーは言った。「あなたもやられたのではないかと思って」

オドンネルはうなずいた。「心配するのも当然だ。ずっと心配していても当然だ。心配になる状況だからな。飛行機の搭乗時刻まで四時間もあったから、おれもその時間を使って電話をかけた。言うまでもなく、フランツは出なかった。もちろん、いまはその理由がわかっている。スワンもディクソンもオロスコもサンチェスも出なかった。この五人のうちのだれかがほかの四人を集めたが、その後問題にぶつかったのだろうと結論した。あんたやリーチャーは含まれていない。あんたはシカゴで多忙だし、リーチャーはだれにも捜し出せないからな。おれも含まれていない。おれはニュージャージー州にいて、しばらく連絡がつかなかったからだ」

「わたしは多忙じゃなかった」ニーグリーは言った。「どうしてそう思うわけ？　わたしだってすべてをほうり出してでも駆けつけたのに」

オドンネルはふたたびうなずいた。「はじめはおれも、あんたが駆けつけていればと一縷(いちる)の望みをかけた。五人のうちのだれかがあんたにも連絡するはずだと思った」

「それならどうして連絡しなかったの？　わたしは好かれていないから？」

「あんたを憎んでいたとしても連絡したさ。あんた抜きでやるのは、片手を背中にまわしたまま戦うのと同じだ。だれが好き好んでそんなことをやる？　だが結局のところ、重要なのは事実ではなく認識なんだよ。あんたはほかの面々から見れば、雲の上の人になってしまった。だから連絡するのをためらったんだろうな。そしてそのまま時機を逸したのかもしれない」

「それで、どう考えている？」

「五人のうちのだれかが、いまはもうそれがフランツだとわかっているが、苦境に立たされ、手を貸してくれそうな全員に連絡したと考えている。あんたとリーチャーははじめから除外されていて、おれも不運にも除外された。遠出をしていたせいで」

「わたしたちもそう考えている。ただし、あなたが無事だったのはうれしい驚きよ。お姉さんが病気になったのは、わたしたちにとっては思いがけない幸運だった。もしかしたらあなたにとっても」

「姉にとってはちがうぞ」

「泣き言は言うな」リーチャーは言った。「お姉さんは生きているのだろう？」

「ご挨拶だな」オドンネルは言った。「久しぶりだっていうのに」

「いったいどうやってこの部屋にはいったの？」ニーグリーは訊いた。

オドンネルは椅子の上で身じろぎし、上着の一方のポケットから飛び出しナイフを、もう一方からブラスナックルを出した。「こういうものを持ったまま空港の保安検査を通れる人間は、ホテルの部屋にも忍びこめるのさ」

「どうやって空港の保安検査を通ったの？」

「秘密だ」オドンネルは言った。

「セラミック製なんだよ」リーチャーは言った。「もう製造されていない。金属探知機に引っかからないからだ」

「正解だ」オドンネルは言った。「金属は使われていない。飛び出しナイフの鋼鉄製のバネを除いて。だがそのバネはとても小さい」

「また会えてうれしいよ、デイヴィッド」リーチャーは言った。

「こちらこそ。だが、もっとましな状況で会いたかったな」

「状況は五〇パーセントましになった。われわれふたりだけだと思っていた。それが三人になった」

「これまでにわかったことは？」

「ないに等しい。検死報告書の内容は読んだはずだ。それを除けば、ありふれた白人ふたりがフランツの事務所をあさったことしかわかっていない。フランツは自分宛に情報を郵送することを繰り返していたから、何も見つけられなかったはずだ。われわれはフランツの私書箱を特定し、ＵＳＢメモリーを四つ回収したが、パスワードはあと一回しか試せない」

「そういうわけだから、コンピュータのセキュリティに関して知恵を出して」ニーグリーは言った。

　オドンネルは深く息を吸い、人間とは思えないほど長く息を止めていた。それから静かに息を吐き出した。昔からの癖だ。

「これまでに試したことばを教えてくれ」と言う。

　ニーグリーはノートのそのページを開いて渡した。オドンネルは唇に指をあてて目を通している。リーチャーはその様子を観察した。会うのは十一年ぶりだが、あまり変わっていない。淡黄色の髪は白髪になりそうにない。グレーハウンドを思わせる体は脂肪がつきそうにない。スーツは仕立てがいい。ニーグリーと同じく、落ち着きがあり、金まわりがよく、成功を収めているように見える。身を立てたように見える。

「コーファックスはだめだったのか？」オドンネルは訊いた。

　ニーグリーはうなずいた。「三回目に試した」

「このリストの中では、最初に試すべきだったな。フランツなら偶像的存在とか、神とか、賞賛している人物とか、敬服している実績とかがしっくりくる。この中で条件に合うのはコーファックスだけだ。ほかは感傷をそそるものにすぎない。フランツは音楽好きだったから、マイルス・デイヴィスもありうるかもしれないが、結局のところ、フランツにとって音楽は不可欠ではなかった」

「音楽は不可欠ではなくて、野球は不可欠だと？」

「野球は象徴のようなものだ」オドンネルは言った。「サンディ・コーファックスはエースピッチャーであり、高潔な人間であり、マウンドで孤軍奮闘し、ワールドシリーズに出場し、大勝負に挑んだ。フランツもそんな人間になりたかった。そうはっきりと口にすることはなかっただろうが、パスワードは自分が献身するにふさわしい信頼できる人物の名前だったにちがいない。そしてそれは簡潔な、男らしい形で表記されただろう。つまりラストネームだけだ」

「それなら、あなたは何を推す？」

「あと一回しか試せないから、むずかしいな。まちがっていたら笑いぐさだ。ところで、中身はなんだろうな」

「フランツが隠すべきだと考えた何かよ」

リーチャーは言った。「両脚を折られても渡さなかった何かだ。フランツは口を割らなかった。それで相手を激怒させた。事務所は竜巻に襲われたかのようになっていた」

「こちらの最終目的は？」

「索敵殲滅作戦だ。それで気は済むか？」

オドンネルは首を横に振った。

「いや」と言う。「やつらの家族までみな殺しにして、先祖の墓に小便をかけてやりたいね」

「変わっていないな」

「悪いほうに変わったよ。あんたは変わったのか？」

「変わったとしても、いつでも変わる前に戻れるぞ」

オドンネルは軽く笑みを浮かべた。「ニーグリー、やってはならないことといえば？」

ニーグリーは言った。「特別捜査官に喧嘩を売ってはならない」

「そのとおり」オドンネルは言った。「それはやってはならない。ルームサービスでコーヒーを頼まないか？」

三人は古いホテルでしか使われていない電気めっきされた傷だらけのポットから、濃いコーヒーを飲んだ。みな押し黙っていたが、自分と同じようにほかのふたりも頭の中で堂々めぐりをしていることは知っていた。パスワードの最後の一回に挑戦する勇気が出ず、思考の筋道を検討し、別の突破口を見つけようと試み、うまくいかず、振り出しに戻っている。とうとうオドンネルがカップを置いて言った。「そろそろくそをするか、便器から離れるかを決めるべきだ。あるいは、魚を釣るか、餌を切るかを。好きな言いまわしでいいが、はっきりさせよう。何か思いついたのなら聞かせてくれ」

ニーグリーは言った。「何も思いつかない」

リーチャーは言った。「おまえに任せる、デイヴ。何か考えがあるようだな。わたしにはわかる」

「おれを信じているのか？」

「どこまでおまえを信じているかというと、どこまでおまえを投げ飛ばせるかと同じくらいだな。ふつうならまったく信じていないという意味になるが、おまえは痩せこけているから、わたしならずっと遠くまで投げ飛ばせる。正確にどこまでかはおまえがしくじったらわかる」

オドンネルは椅子から立ちあがると、指を曲げ伸ばししながら、机のノートパソコンに歩み寄った。画面の入力ボックスにカーソルを移動させ、七文字の語を打った。

息を吸い、止める。

間を置く。

待つ。

エンターキーを押す。

ノートパソコンの画面が更新された。

ファイルのディレクトリが表示されている。中身が一覧になっている。大きな太字で、一目瞭然だ。

オドンネルは息を吐き出した。

打った語は――〝リーチャー(Reacher)〟。

18

リーチャーは頬を張られたようにパソコンから顔を背けて言った。「おいおい、それはずるいぞ」

「フランツはあんたに好感を持っていた」オドンネルは言った。「あんたを賞賛していた」

「墓からの声のようだ。呼び出されたように感じる」

「あんたはどのみち来た」

「これで重みが倍になった。フランツの信頼を裏切るわけにはいかない」

「最初から信頼を裏切るつもりはなかっただろうに」

「プレッシャーが大きすぎる」

「大きすぎるプレッシャーなど存在しないぞ。おれたちはプレッシャーが好きなんだから。プレッシャーを糧にしている」

ニーグリーは机の前にすわり、ノートパソコンのキーボードに指を置いて、画面を見つめている。

「ファイルが八つある」と言う。「七つは数字の羅列で、残りのひとつは名前のリストになっている」

「名前を見せてくれ」オドンネルは言った。

ニーグリーがアイコンをクリックすると、ワープロソフトのページが開いた。五つの名前が縦に並んでいる。いちばん上にアズハリ・マフムードという名前が太字で書かれ、下線が引かれている。その下の四つは欧米の名前だ――エイドリアン・マウント、アラン・メイソン、アンドリュー・マクブライド、アンソニー・マシューズ。

「イニシャルがすべてA・Mだな」オドンネルは言った。「いちばん上はアラブ人だ。モロッコからパキスタンまでのどこの人間でもおかしくない」

「シリア人よ」ニーグリーは言った。「勘だけど」

「それ以外の四つの名前はイギリス人らしい印象を受ける」リーチャーは言った。

「そう思わないか？　アメリカ人ではなく。イングランド人かスコットランド人だ」

「その意味は？」オドンネルは訊いた。

リーチャーは言った。「一見すると、フランツが経歴調査をしていて、四つの既知の偽名を使うシリア人にたどり着いたように思える。五つの名前のイニシャルが共通だからな。下手な偽名だが、何か裏がありそうだ。イニシャルを組み合わせたモノグラム入りのシャツでも持っているのかもしれない。それに、書類上はイギリス人だから、偽名もイギリス人の名前にしているのかもしれない。書類上はアメリカ人だとこの国では怪しまれかねないが、イギリス人ならそれを避けられる」

「ありうるな」オドンネルは言った。

リーチャーは言った。「数字を見せてくれ」

ニーグリーはワープロの文書を閉じ、七つのスプレッドシートの一枚目を開いた。分数が一ページにわたって縦に並んでいるだけだ。いちばん上は10／12。いちばん下は11／12。そのあいだには似たような数字が二十数個並び、ふたつ目の10／12があるほか、12／13や9／10がある。

「つぎだ」リーチャーは言った。

二枚目のスプレッドシートも同様だ。数字が縦長の列を作り、13／14からはじまって8／9で終わっている。あいだには似たような数字が二十数個。

「つぎだ」リーチャーは言った。

三枚目のスプレッドシートも同じと言っていい。

「これは日付か？」オドンネルは言った。

「いや」リーチャーは言った。「月‐日の順でも、日‐月の順でも、13／14は日付にならない」

「それならなんだ？　ただの分数か？」

「考えにくいな。ふつうの分数なら、10／12は5／6と表記されるはずだ」

「野球の安打数の表記に似ている」

「それだととんでもない試合になる。十四打数十三安打とか十三打数十二安打とかなら、試合は九回よりずっと長くて合計得点は三桁になるだろう」

「それならなんだ？」

「つぎを見せてくれ」

四枚目のスプレッドシートも同じように分数が縦に長々と並んでいる。分母は三枚目までとほぼ同じで、12や10や13ばかりだ。しかし、分子はおおむね小さくなっている。9／12や8／13がある。5／14も。

オドンネルは言った。「安打数だとしたら、スランプに陥っているな」

「つぎだ」リーチャーは言った。

同じ傾向がつづいている。五枚目のスプレッドシートには3／12や4／13がある。安打数として見るなら、最高は6／11だ。

「マイナーリーグに出戻りだ」オドンネルは言った。

六枚目のスプレッドシートの最高は5／13、最低は3／13。最後の七枚目もだいたい同じで、4／11から3／12までのあいだに収まっている。

ニーグリーが顔をあげ、リーチャーを見て言った。「あなたが解き明かして。数字派なんだから。それに、なんと言っても、フランツはこれをすべてあなた宛に送ったんだから」

「あれはパスワードだ」リーチャーは言った。「それ以上でもそれ以下でもない。フランツはだれ宛にも何も送っていない。これはメッセージではない。何かを伝えようとしたのなら、もっとわかりやすくしただろう。これは作業中のメモだ」

「作業中のメモにしてはあまりに暗号じみている」

「印刷できるか？　紙で見ないと考えがまとまらない」

「下のビジネスセンターで印刷できる。だから最近はこういうところに泊まるようにしているのよ」

オドンネルは訊いた。「なぜ悪党どもは事務所をめちゃくちゃにしてまで数字のリストを探した？」

「ちがうのかもしれない」リーチャーは言った。「名前のリストを探していたのかもしれない」

ニーグリーはスプレッドシートを閉じ、ワープロの文書をまた開いた。アズハリ・マフムード、エイドリアン・マウント、アラン・メイソン、アンドリュー・マクブライド、アンソニー・マシューズ。

「それなら、この男は何者なんだ？」リーチャーは言った。

時間帯が三つ離れたニューヨーク市は日付は同じだが時刻が三時間進んでいて、マディソン・アヴェニューの高級ホテルの一室にあるバスルームの床に、黒っぽい髪の四十がらみの男がしゃがみこんでいた。インド人でも、パキスタン人でも、イラン人でも、シリア人でも、レバノン人でも、アルジェリア人でも、イスラエル人でも、イタリア人でもおかしくない男だ。ドアは閉まっている。バスルームに煙感知器はないが、換気扇がある。エイドリアン・マウント名義のイギリスのパスポートが便器の中で燃えている。いつもどおり、内側のページは簡単に燃えあがった。赤い色の硬い表紙はなかなか燃えない。三十一ページが身分証のページで、ラミネート加工されている。ここが最も燃えにくい。樹脂がまるまり、ねじ曲がり、溶けていく。男は少し離れたバスルームの壁からドライヤーを使い、火を煽（あお）った。それから歯ブラシの柄を使って灰と燃え残った紙片を掻き混ぜた。マッチをもう一本擦り、まだ判別できる残骸すべてに火を押しつけた。

五分後、エイドリアン・マウントはトイレに流され、アラン・メイソンがエレベーターで下の通りへ向かっていた。

19

ニーグリーは〈ベヴァリー・ウィルシャー〉の地下のビジネスセンターに寄って、フランツの秘密のファイルを八つとも印刷した。それからオドンネルとリーチャーのふたりとともに、ロビーのレストランで昼食をとった。男ふたりのあいだにすわるニーグリーの顔を見たリーチャーは、こういう形で百回は食事をしたことを思い返しているのだろうと思った。

リーチャー自身も同じように思い返していた。だが当時は、皺の寄った戦闘服姿で将校クラブや基地外の薄汚いダイナーで食べたり、傷だらけの金属製の机のまわりでサンドイッチやピザを分け合ったりするのがつねだった。既視感は状況がちがうために損なわれている。この店は薄暗く、天井が高く、上品で、タレント・エージェントや映画会社の大物でもおかしくない客だらけだ。俳優でもおかしくない。ニーグリーとオドンネルは溶けこんでいるように見える。ニーグリーは黒いゆったりとしたハイウエストパンツとコットンのTシャツというういでたちで、それがまるで第二の皮膚のように体になじんでいる。小麦色の顔は染みひとつなく、あるかなしかの化粧をしている。オドンネルの灰色のスーツはかすかに光沢があり、白いシャツは四千キロのかなたから着たままにちがいないのに、こざっぱりとして少しも汚れていない。レジメンタルタイの結び目も完璧だ。

リーチャーのシャツは小さすぎ、袖がほころび、胸のあたりに染みがついている。髪は伸び、ジーンズは安物で、靴はすり減り、さっき注文した料理の代金も払えない。いま飲んでいるノルウェー産の水の代金すら払えない。

悲しいな、と商店街のフランツの事務所を見たときに自分で言っておいて。強大なアメリカ軍の兵士が落ちぶれたものだ、と。

ニーグリーとオドンネルにはどう思われているのだろう。

「数字のリストを見せてくれ」と言った。

ニーグリーがテーブル越しに七枚の紙を渡した。右上の隅に鉛筆で番号を振っておいてくれたようだ。一枚目から七枚目まですばやく目を通し、全体の印象をつかもうとした。全部で百八十三個の真分数があり、約分はされていない。分子が分母よりつねに小さいから、真分数になる。10／12や8／10が5／6や4／5と表記されていないから、約分はされていない。算数ではそうやって約分するのが決まりなのに。

したがって、これらは分数ではありえない。点数や結果や成績だ。十、、回中十、、回、もしくは十回中八回、何かが起こっていることを表している。

あるいは、何かが起こっていないことを。

それぞれの紙にはこの数が二十六個ずつあるが、四枚目だけは二十七個ある。

点数にしろ結果にしろ比率にしろ、この数は一枚目から三枚目まではかなり大きい。打率や勝率のように表した場合、平均は八割七分という優秀な数字から九割七厘という卓越した数字のあいだに収まる。四枚目からは急落し、ここの平均は五割七分四厘ほどになる。五枚目は三割六分八厘、六枚目は三割八厘、七枚目は三割七厘と、もっとぶざまな数字になっていく。

「まだ解き明かせない？」ニーグリーが訊いた。

「さっぱりだ」リーチャーは言った。「フランツがこの場にいて説明してくれればいいのだが」

「フランツがこの場にいたら、わたしたちがいないわよ」

「いたかもしれない。ときどき集まっていたかもしれない」

「同窓会みたいに？」

「楽しかっただろうな」

オドンネルがグラスを掲げて言った。「欠席した友人たちのために」

ニーグリーもグラスを掲げた。リーチャーも。一万年前にスカンディナヴィアの氷河の表面で凍りつき、何世紀もかけて少しずつ山をくだり、湧き水や小川に溶けこんだ水を三人は飲んだ。二度と会うことはないであろう友人の五人、スタン・ロウリーを含めれば六人を偲(しの)んで。

しかし、それは思いこみにすぎなかった。ちょうどそのとき、友人のひとりがラスヴェガスで飛行機に乗りこんだ。

20

ウェイターが料理を持ってきた。ニーグリーにはサーモン、リーチャーにはチキン、オドンネルにはマグロを。オドンネルが言った。「フランツの家には行ったんだよな」

「きのう行った」ニーグリーが言った。「サンタモニカにあった」

「収穫は？」

「寡婦と父親を亡くした子供に会えた」

「ほかには？」

「手がかりは何もなかった」

「全員の自宅を訪れるべきだ。スワンの家が最初だな、いちばん近いから」

「住所がわからない」

「ニューエイジのご婦人に訊かなかったのか？」

「訊いてもむだだよ。どうせ教えてくれなかった。杓子定規(しゃくしじょうぎ)な女だったから」

「脚を折ってやればよかったのに」

「あのころはよかったわね」

リーチャーは訊いた。「スワンは結婚していたのか？」

「そうは思えない」ニーグリーは言った。

「醜男（ぶおとこ）だからな」オドンネルは言った。

「あなたは結婚しているの？」ニーグリーはオドンネルに尋ねた。

「いや」

「なるほど」

「だが、理由はまったく逆だ。おれが結婚したら、あまりに多くの純情な第三者を悲しませることになる」

リーチャーは言った。「またＵＰＳから所番地を仕入れるという手が使えると思う。スワンは自宅で荷物を受けとっていたはずだ。結婚していなかったのなら、家具はカタログから注文しただろう。スワンが椅子やテーブルやナイフやフォークを店で買っているところは想像できない」

「わかった」ニーグリーは言った。席に着いたまま、携帯電話でシカゴに連絡するその姿は、なおのこと映画会社の大物らしく見える。オドンネルが身を乗り出し、ニーグリー越しにリーチャーを見て言った。「時系列を教えてくれ」

「ニューエイジの女傑によれば、スワンは三週間あまり前に解雇されたらしい。二十四日前か二十五日前としておこう。フランツは二十三日前に外出して二度と戻らなかった。遺体が発見されてから十四日後、フランツの妻からニーグリーに連絡があった」

「なんのために？」

「ただの訃報だ。フランツの妻は最初から保安官補に任せている」

「どんな女だ？」

「民間人だ。ミシェル・ファイファーに似ている。夫と仲がよかったわれわれを、少し腹立たしく思っている。息子はフランツにそっくりだ」

「子供もかわいそうに」

ニーグリーが電話の送話口を手で覆いながら言った。「サンチェスとオロスコとスワンの携帯電話の番号がわかった」片手でバッグの中を探り、紙とペンを取り出す。十桁の番号を三件書いた。

「その番号から住所を調べろ」リーチャーは言った。

ニーグリーは首を横に振った。「これだけではわからない。サンチェスとオロスコの番号は会社のものだし、スワンの番号もニューエイジが契約している」シカゴのアシスタントとの通話を切り、書き並べた番号に順々に電話をかける。

「つながったとたんにボイスメールに切り替わる」と言った。「三台とも電源が切られている」

「当然だな」リーチャーは言った。「三台とも三週間前にはバッテリーが切れている」

「この声を聞くのはすごくつらい」ニーグリーは言った。「だって、応答メッセージを録音しているときは、自分の身に何が起こるかはまったく知らなかったんだから」

「これも一種の不死なのかもな」オドンネルは言った。

ウェイターの手伝いが皿をさげた。ウェイターがデザートのメニューを持ってきた。リーチャーはアメリカのたいていのモーテルの宿泊代より高額なケーキ類のリストに目を通した。

「わたしは要らない」と言う。遠慮しないで頼むようニーグリーに言われそうだと思ったが、携帯電話が鳴った。ニーグリーは電話に出て耳を傾け、紙に書き足した。

「スワンの住所よ」と言う。「サンタアナ。動物園の近く」

オドンネルは言った。「行こう」

オドンネルが〈ハーツ〉で借りたカーナビ付きの4ドアセダンに三人で乗り、南東の五号線へ向かって這うような速度で進んだ。

トーマス・ブラントという名の男が走り去る三人を見つめていた。クラウンヴィクトリアは一ブロック離れたところに停めてあり、自身はロデオ・ドライヴの入口にあるベンチにすわって、二百人の観光客に交じっている。携帯電話を出し、カーティス・モーニーという名のボスの番号を押した。そして言った。「三人になりました。事は順調に運んでいます。仲間うちの集会みたいになっています」

四十メートル西で、紺のスーツを着た男も走り去る三人を見つめていた。ウィルシャー・ブールヴァードの美容院の駐車場に停めた紺のクライスラーの運転席で、頭を低くしている。男は携帯電話でボスに連絡した。「三人になりました。新しく加わったのがオドンネルにちがいありません。ということは、ホームレスのように見える男はリーチャーです。三人とも意気ごんでいる様子です」

四千キロ離れたニューヨーク市では、黒っぽい髪の四十がらみの男がパーク・アヴェニューと四十二番ストリートの角にある各社航空券の販売店にいた。買ったのはラガーディア空港発コロラド州デンヴァー空港行きの往復航空券で、搭乗便を予約しないオープン券だ。代金はアラン・メイソン名義のＶＩＳＡプラチナカードで払った。

21

サンタアナははるか南東にあり、アナハイムの先のオレンジ郡中部に位置する。サンタアナ郡区はサンタアナ山地の三十キロ西にあり、そこは悪名高い風の発生源だ。ときおり乾燥した高温の強風が吹きこんでは、ロサンゼルス全体を狂乱させている。リーチャーも何度かその威力を見せつけられた。かつてキャンプ・ペンドルトンの海兵隊との連絡将校に任じられ、町に滞在していたからだ。また、フォート・アーウィンに所属中、週末の外出許可を得たこともある。そして酒場でのちょっとした喧嘩が何件もの第一級殺人事件へと発展するのをまのあたりにした。焦げたトーストが妻に対する暴行と服役と離婚へと発展するのも。歩道を歩くのが遅すぎるという理由で殴り倒された男もいた。

もっとも、きょうはその風も吹いていない。空気は熱く、よどんでいて、茶色く、蒸している。オドンネルのレンタカーのカーナビはていねいな女の声でくどくどと案内をつづけ、動物園の南の、タスティンの手前で五号線をおりるよう指示した。そこから広々とした街路を抜けた先の、オレンジ郡美術館のほうへ向かわせた。その手前で左折、右折、左折の順に指示を出し、もうすぐ目的地だと告げた。そして到着したと宣言した。

確かに到着したようだ。

オドンネルが車を停めた路肩のそばには、白鳥（スワン）に似せた郵便受けがあったからだ。アメリカ合衆国郵便公社が推奨する標準規格の金属製の箱が柱に固定され、真っ白に塗られている。箱の上端に沿って、糸鋸（いとのこ）で切った板が立てて取り付けられている。板は優美な長い首と、扇形の背中と、跳ねあがった尻尾をかたどっている。これも白く塗られているが、くちばしは暗いオレンジ色で、目は黒だ。太い箱が鳥の膨らんだ胴の代わりになっていて、なかなか上手に白鳥を再現している。

オドンネルが言った。「スワンが作ったんじゃないだろうな」

「甥（おい）か姪（めい）よ」ニーグリーが言った。「たぶん引っ越し祝い」

「訪ねてきたときに備えて、仕方なく使っていたわけだ」

「わたしはすてきだと思うけど」

郵便受けの向こうにはコンクリートを打った私道があり、その先には両開きの門が設けられ、高さ一メートル強のフェンスが左右に連なっている。私道と平行に、やはりコンクリートを打ったもっと細い歩道が延びていて、片開きの門につづいている。

フェンスは緑色の樹脂で被覆した針金製だ。門柱は四本ともいちばん上に合金製の小さなパイナップルが飾られている。どちらの門も閉じられている。どちらも店売りの〝猛犬注意〟のステッカーが貼られている。私道は家に隣接する一台用の車庫に至っている。歩道は褐色に塗ったスタッコ仕上げの簡素で小ぶりな平屋建ての玄関に至っている。窓には波形鉄板の日よけがあり、まるで眉毛のようだ。玄関にも似たような細めの日よけが高い位置に取り付けられている。家全体の印象としては、いかめしく、地味で、必要にして充分で、重々しい。男らしいとも言える。

それに静かで、動きがない。

「人けがない」ニーグリーが言った。「だれもいないようね」

リーチャーはうなずいた。正面側の庭は芝生だけだ。植栽はない。花もない。庭木もない。芝生は乾いていて、わずかに伸びすぎのように見える。几帳面な家主が、三週間ほど前に水やりと刈りこみをやめてしまったかのように。

防犯装置は見当たらない。

「確かめよう」リーチャーは言った。

三人は車をおり、片開きの門へ歩いた。施錠されていないし、鎖で固定されてもいない。玄関へ歩いた。リーチャーは呼び鈴を鳴らした。待った。いらえはない。平たい石を敷いた小道が家の周囲をめぐっている。三人で反時計まわりにそれをたどった。車庫の側面に通用口があった。施錠されている。家の裏側の壁に勝手口があった。ここも施錠されている。勝手口のドアの上半分は板ガラスになっている。そこを通して小さなキッチンが見えた。古めかしく、四十年はリフォームしていそうにないが、清潔で使いやすそうだ。散らかってはいない。汚れた皿もない。まだら模様の緑色の光沢がある電気器具。小さなテーブル一脚と椅子二脚。緑色のリノリウムの床にきれいに並べられた犬の餌入れと水入れ。

勝手口の先には掃き出し窓があり、その前の踏み段をおりるとコンクリートを打った小さなパティオになっている。パティオには何もない。掃き出し窓は施錠されている。窓のカーテンは半ば閉じられている。寝室だろう。書斎として使われているかもしれない。

あたりは深閑としている。この家も静まり返っているが、聞きとれないほどのごく小さなブーンという音がリーチャーの腕の毛を逆立て、脳裏にかすかな警報を響かせている。

「勝手口から侵入するか？」オドンネルが訊いた。

リーチャーはうなずいた。オドンネルはポケットに手を突っこみ、ブラスナックルを出した。正確には真鍮（ブラス）のナックルではなく陶磁器（セラミック）のナックルだ。ただし、カップや皿とは共通点が少ない。原料は調合された鉱物粉末で、すさまじい圧力を加えて成形し、エポキシ樹脂で接着してある。強度はおそらく鋼鉄よりも高く、まちがいなく真鍮よりも高い。また、成形という手順があるために、打撃面をまがまがしい形状にすることもできる。デイヴィッド・オドンネルのような大男にこれで殴られたら、サメの歯を埋めこんだボウリングボールで殴られたようになるだろう。

オドンネルはブラスナックルをはめてこぶしを握った。勝手口に近づき、バックハンドでガラスを叩く。まるで住人を驚かせずに注意を引こうとするかのように、ごく軽く。ガラスが割れ、三角形の破片がキッチン側に落ちた。オドンネルは運動神経がよく、本物のこぶしがぎざぎざの端に当たる前に手を止めている。さらに二度叩き、手を差しこめるくらいの穴をあけた。ブラスナックルをはずして袖を肘までまくり、穴に手を入れて内側からノブをまわした。

ドアがゆっくりと開く。

警報は鳴らない。

リーチャーが先に歩み入った。二歩進んで立ち止まる。中にはいると、先ほどから聞こえていたブーンという音が大きくなった。異臭も漂っている。どちらも誤解しようがない。もう思い出したくもないほど、同じような音を聞き、同じようなにおいを嗅いでいる。

ブーンという音は無数のハエが飛びまわる音だ。

異臭は腐敗して液体や気体を発生させている死肉のにおいだ。

ニーグリーとオドンネルもつづいて踏みこんだ。そして立ち止まった。

「織りこみ済みだ」オドンネルは言った。ひとりごとかもしれない。「ショックを受けるほどじゃない」

「いつだってショックは受ける」ニーグリーは言った。「これからもそうであるべき」

ニーグリーは口と鼻を手で覆っている。リーチャーはキッチンのドアに近づいた。

廊下の床には何もない。だが、廊下のほうが異臭がきついし、音も大きい。はぐれたハエが飛んでいる。大きく、青光りしていて、ブンブンと飛び交ったり、壁にぶつかって軽い音を立てたりしている。半ば開かれたままのドアがあり、ハエが出たりはいったりしている。

「バスルームだ」リーチャーは言った。

間取りはカルヴィン・フランツの家と似ているが、サンタモニカよりサンタアナのほうが敷地が広いから、屋内も広い。不動産は安いほど広くなる。中央に廊下が走り、まともな部屋が並んでいる。間仕切りのない空間のただの一角とはちがう。裏側にキッチン、表側にリビングルームがあり、ウォークインクローゼットをはさんでいる。廊下の向かいに寝室がふたつあり、バスルームをはさんでいる。

異臭の発生源を特定するのは不可能だ。家全体に満ちている。

だが、ハエはバスルームにご執心だ。

空気は熱く、汚れている。ハエが荒々しく飛びまわる音しか聞こえない。磁器やタイルや壁紙や中空のドアに突っこんでいる。

「ここにいろ」リーチャーは言った。

廊下を進んだ。二歩。三歩。バスルームの前で立ち止まった。足でドアを軽く押す。怒れるハエが黒い雲となって押し寄せてきた。顔を背け、宙を叩いた。後ろを向く。再度足を使ってドアを開ききった。宙を払いながら、うなりをあげる虫たちの向こうをのぞきこんだ。

床の上に死体がある。

犬だ。

生きていたころは大きくて美しいジャーマン・シェパードだっただろう。体重は四十五キロから五十キロといったところか。体の横を下にして倒れている。体毛は生気を失って乱れている。口が開いている。ハエが舌や鼻や目を堪能（たんのう）している。

バスルームに歩み入った。ハエがすねのあたりに群がる。バスタブには何もない。トイレも空だ。水がなくなっている。ラックに掛けられたタオルは整ったままだ。床には乾いた茶色い染みがある。血痕ではない。機能しなくなった括約筋が漏らした排（はい）泄物（せつぶつ）にすぎない。

あとずさりしてバスルームから出た。

「スワンの犬だ」と言う。「ほかの部屋と車庫も調べよう」

ほかの部屋も車庫も異常はなかった。争ったり荒らされたりした痕跡はないし、スワン自身の姿もない。三人は廊下に集合した。ハエはバスルームに戻り、務めにいそしんでいる。

「ここで何があったの？」ニーグリーが疑問を口にした。

「スワンは出かけた」オドンネルが言った。「そして戻らなかった。犬は飢えで死んだ」

「犬は渇きで死んだ」リーチャーは言った。

だれも何も言わない。

「キッチンにあった犬の水入れは乾いていた」リーチャーは言った。「その後、犬はトイレの水で渇きをしのいだ。一週間ぐらいはもっただろう」

「かわいそうに」ニーグリーは言った。

「まったくだ。わたしも犬は好きだ。どこかに住んでいたら、三、四匹は飼っていただろう。ヘリコプターを借りて、こんなことをした悪党どもをひとりずつ細切れにして突き落としてやる」

「いつ？」

「すぐだ」

オドンネルは言った。「手がかりがもっと要る」

リーチャーは言った。「よし、捜索開始だ」


三人は異臭対策にキッチンから取ってきたペーパータオルをまるめて鼻に突っこんだ。時間をかけて徹底した捜索にとりかかる。オドンネルはキッチンを担当した。ニーグリーはリビングルームを担当した。リーチャーはスワンの寝室を担当した。

三部屋のどこにも重要なものは見つからなかった。犬は悲惨な目に遭ったが、スワンがまた帰ってくるつもりで出かけたのは明らかだ。食器洗浄機は半分ほど食器が入れられたまま、運転されていない。冷蔵庫には食料がはいっているし、キッチン用ごみ箱にはごみがはいっている。パジャマはたたんで枕の下に置いてある。ナイトテーブルには読みかけの本が載っている。しおり代わりにはさんであったのはスワン本人の名刺だ――〝アンソニー・スワン、アメリカ合衆国陸軍（退役）、ニューエイジ・ディフェンス・システムズ保安部副部長、カリフォルニア州ロサンゼルス〟。名刺の下端にはEメールアドレスと、リーチャーとニーグリーが何度もかけた直通電話の番号が載っている。

「ニューエイジの業務は？」オドンネルが尋ねた。

「金稼ぎだ」リーチャーは言った。「昔ほど儲かってはいないようだが」

「製品を作っているのか、それとも研究だけおこなっているのか？」

「われわれの会った女はどこかで何かを製造していると言っていた」

「具体的には何を？」

「見当もつかない」

もうひとつの寝室は三人がかりで調べた。家の裏側にあり、掃き出し窓にカーテンが掛けられ、何もないパティオに通じる踏み段を備えた部屋だ。室内にベッドはあるものの、もっぱら書斎として使われていたのはまちがいない。机、電話、ファイルキャビネットがあり、壁一面を占める棚には感傷的な人間が集めそうながらくたが詰めこまれている。

机からはじめた。三組の目で、三通りに見定めていく。何も見つからない。ファイルキャビネットに移った。家持ちなら保管していそうなありきたりな書類ばかりだ。固定資産税や保険の書類、支払い済みの小切手、支払い済みの請求書、領収書。不動産ではなく個人にかかわる書類もある。社会保障、連邦所得税、州の所得税、ニューエイジ・ディフェンス・システムズの雇用契約、給料支払い小切手の控え。スワンはそれなりの暮らしぶりだったようだ。リーチャーなら一年半は食べていける金額をひと月で稼いでいる。

動物病院の書類があった。犬は雌だったようだ。名前はメイジーで、予防接種はすべて済ませてある。老犬だが、健康だった。動物の倫理的扱いを求める人々の会という団体の書類もあった。スワンはそこに寄付していた。大金を。それなら有意義な運動なのだろう、とリーチャーは思った。スワンはだまされやすい人間ではない。

三人で棚を調べた。写真でいっぱいの靴箱があった。スワンの生活と仕事が任意に切りとられている。犬のメイジーの写真もある。リーチャーや、ニーグリーや、オドンネルの写真もある。フランツや、カーラ・ディクソンや、サンチェスや、オロスコや、スタン・ロウリーの写真も。みなずいぶん昔の姿で、いまより若く、様子が大きくちがっていて、若さと活力と熱意で輝いている。世界中のオフィスや兵舎で、ランダムな組み合わせのふたりや三人が写っている。公式の集合写真もあった。部隊の表彰式のあと、九人全員が礼装で写っている写真だ。だれが撮影したのか、リーチャーは思い出せなかった。おそらく契約している写真家だろう。なんの表彰式だったのかも思い出せない。

「そろそろ行かないと」ニーグリーが言った。「近所の住民に目撃されたかもしれない」

「相当の根拠がある」オドンネルが言った。「ひとり暮らしの友人、ドアをノックしても出ない、中から悪臭がする」

リーチャーは机に歩み寄って電話を手に取った。リダイヤルボタンを押す。最後にかけた番号を回路が思い出して短い電子音を立てつづけに鳴らした。プルルという発信音がつづく。アンジェラ・フランツが出た。チャーリーの声も背後から聞こえる。電話を置いた。

「最後の通話相手はフランツだ」と言った。「サンタモニカの自宅にかけている」

「出向いたんだろう」オドンネルが言った。「それはもうわかっている。手がかりにはならない」

「ここにあるものはどれも手がかりにならない」ニーグリーが言った。

「だが、ここにないものが手がかりになるかもしれない」リーチャーは言った。「ベルリンの壁のかけらがない。スワンがニューエイジの自分の席から持ち帰った私物の箱がない」

「それがなんの手がかりになるの？」

「時系列を確定できる可能性がある。クビにされ、私物を箱に詰め、車のトランクにほうりこんだとする。いつになったら家に運び入れて片づける？」

「一日か二日経ってからだな」オドンネルが言った。「スワンならそんな目に遭ったら激怒するはずだが、根は整理整頓好きだ。不満は呑みこんで、さっさと再出発するだろう」

「二日か？」

「長くて」

「それなら、ニューエイジを解雇されてから二日以内に、この事件が起こったことになる」

「それがなんの手がかりになるの？」ニーグリーはふたたび訊いた。

「わからない」リーチャーは言った。「だが、知っていることが多いほど、幸運をつかみやすくなるものだ」


三人は勝手口から出て、ドアを閉めたが、施錠はしなかった。むだだからだ。ガラスが割れているのだから意味はない。平たい石を敷いた小道を歩き、車庫の側面をまわりこんで私道に出た。路肩へ戻る。閑静な地区だ。ベッドタウンなのだろう。動くものは見当たらない。リーチャーは詮索好きな住民がいないかと左右に目を走らせたが、その気配はなかった。視線を送ってくる者も、慌てて閉めたカーテンの向こうで盗み見している者もいない。

しかし、四十メートル離れて停まっている黄褐色のクラウンヴィクトリアは見逃さなかった。

こちらに正面を向けている。

運転席に男がいる。

22

リーチャーは言った。「さりげなく立ち止まって、振り返れ。この家を最後にもう一度見るかのように。雑談しながら」

オドンネルは振り返った。

「フォート・フッドの既婚将校用官舎に似ているな」と言う。

「郵便受けを除けば」リーチャーは言った。

ニーグリーも振り返った。

「わたしは好きよ」と言う。「郵便受けのことだけど」

リーチャーは言った。「四十メートル西の路肩に黄褐色のクラウンヴィクトリアが停まっている。われわれを尾行している。正確にはニーグリーを。サンセット・ブールヴァードでニーグリーに会ったときも近くに停まっていたし、フランツの家の近くにも停まっていた。ここにも来ている」

オドンネルは尋ねた。「正体に心当たりは？」

「まったくない」リーチャーは言った。「だが、突き止める頃合いだろうな」

「昔のやり方で？」

リーチャーはうなずいた。「まさしく昔のやり方で。わたしが運転する」

三人はスワンの家を最後にもう一度見てから、向きを変えて路肩にゆっくりと戻った。オドンネルのレンタカーに乗りこむ。リーチャーは運転席に、ニーグリーは助手席に、オドンネルは運転席の後ろに。三人ともシートベルトは締めない。

「車に傷をつけないでくれよ」オドンネルは言った。「追加保険にははいらなかったんだ」

「はいっておくべきだったな」リーチャーは言った。「それが転ばぬ先の杖というものだ」

エンジンをかけ、路肩からゆっくりと車を出した。前方を確認し、バックミラーを確認する。

何もこちらには来ない。

ハンドルを切ってアクセルペダルを踏み、道幅いっぱいを使ってすばやくUターンした。ふたたびエンジンを吹かし、加速しながら三十メートル進む。ブレーキをかけると、オドンネルがクラウンヴィクトリアの一メートル前に飛びおりた。リーチャーはまたアクセルペダルを踏んでからブレーキペダルを踏み、クラウンヴィクトリアの運転席の真横に停車した。オドンネルはすでに助手席の窓に駆け寄っている。リーチャーが車から飛びおりると同時に、オドンネルはブラスナックルで助手席の窓を割り、車内にいた男を運転席側から車外へと、つまりリーチャーの腕の中へと追いやった。リーチャーは男の腹を一発殴り、さらに顔を一発殴った。すばやく、強く。男はクラウンヴィクトリアの側面に叩きつけられ、両膝を突いた。リーチャーは狙いを定め、三発目となる側頭部への強烈な肘打ちを放った。ブルドーザーでなぎ倒された木さながらに、男が横にゆっくりと倒れこんでいく。そしてクラウンヴィクトリアのサイドシルと路面のあいだに転がった。大の字に伸び、力が抜けて意識を失い、折れた鼻から大量に出血している。

「いまでもこの手は通用するようだ」オドンネルは言った。

「わたしが厄介事を引き受けるかぎりはな」リーチャーは言った。

ニーグリーが男のスポーツコートの乱れた襟をつかんで横を向かせ、鼻血が喉の奥ではなく路面に溜まるようにした。窒息させる意味はない。それからコートの前を開き、ポケットを探した。

そして動きを止めた。

男がショルダーホルスターを身に着けていたからだ。長年使いこんだ品で、古びた黒革でできている。グロック17が収められている。胴にはベルトを締めている。ベルトには予備の弾倉入れが留められている。ステンレス鋼の手錠を収めた平たいケースも。

警察の装備だ。

リーチャーはクラウンヴィクトリアの中をのぞきこんだ。助手席の上に細かなガラス片が散らばっている。ダッシュボードの下に無線機が据え付けられている。

タクシーの無線機ではない。

「くそ」リーチャーは言った。「警官をぶちのめしてしまった」

「ほんとうに厄介事を引き受けたな」オドンネルは言った。

リーチャーはしゃがんで男の首に指をあてた。脈を探る。脈拍は力強く、安定している。呼吸もしている。鼻はひどく潰れ、今後は美容上の難点になるだろうが、そもそもたいした二枚目ではない。

「どうしてわたしたちを尾行していたんだろう」ニーグリーは言った。

「その答を出すのはあとだ」リーチャーは言った。「遠くまで逃げるのが先だ」

「どうしてこんなに痛めつけたのよ？」

「犬の件で腹が立っていた」

「この男の仕業じゃないのに」

「それがわかったのはいまだ」

ニーグリーは男のポケットを調べた。革の身分証入れを取り出す。内側にクロムめっきしたバッジが留められ、曇ったビニールカバーの下のラミネート加工されたカードと向かい合わせになっている。

「名前はトーマス・ブラント」と言う。「ロサンゼルス郡の保安官補よ」

「ここはオレンジ郡だ」オドンネルは言った。「管轄外にいたことになる。サンセット・ブールヴァードも、サンタモニカも管轄外だ」

「それが手がかりになると思う？」

「たいしてならないだろう」

リーチャーは言った。「楽な姿勢をとらせて、さっさと逃げるぞ」

オドンネルがブラントの足を持ち、リーチャーが腋に手を入れて、クラウンヴィクトリアの後部座席に乗せた。寝かせてから、医師が回復体位と呼ぶ姿勢をとらせておく。体の横を下にし、片方の膝を曲げ、気道を確保して窒息しにくくする姿勢だ。クラウンヴィクトリアの車内は広い。エンジンは切ってあり、割れた窓から外気がふんだんに流れこんでいる。

「これで大丈夫だろう」オドンネルは言った。

「大丈夫でなければ困る」リーチャーは言った。

ドアを閉め、オドンネルのレンタカーに引き返した。道の真ん中に停めたままで、ドアが三つあけ放たれ、エンジンもかけたままだ。リーチャーは後部座席に乗った。オドンネルが運転した。ニーグリーは助手席だ。カーナビのていねいな声がハイウェイへ戻る道案内をはじめた。

「この車は返却したほうがいい」ニーグリーは言った。「すぐに。わたしのマスタングも。二台ともあの保安官補にナンバーを知られている」

「返却したら、移動手段はどうする？」リーチャーは訊いた。

「今度はあなたが借りる番よ」

「運転免許証を持っていない」

「それならタクシーを使うしかない。わたしたちにつながる線を断たないと」

「ホテルも変えなければならないぞ」

「仕方ないわよ」


カーナビは走行中に操作できないようになっていた。責任問題になるからだろう。オドンネルは車を路肩に寄せて停め、目的地を〈ベヴァリー・ウィルシャー〉からロサンゼルス空港の〈ハーツ〉に変えた。カーナビが変更を淡々と処理する。〝ルートを検索中です〟のバーが伸びていき、一秒後には辛抱強い声がまた流れ、方向変換して東ではなく西へ行き、五号線ではなく四〇五号線へ向かうよう指示した。住宅地を抜ける道はすいていたが、ハイウェイは混んでいる。車はなかなか進まない。

「きのうのことを話してくれ」リーチャーはニーグリーに言った。

「きのうの何を？」

「きみの行動を」

「ロサンゼルス空港に飛んで、レンタカーを借りた。〈ベヴァリー・ウィルシャー〉に行った。チェックインした。一時間ほど仕事をした。それから車でサンセット・ブールヴァードの〈デニーズ〉に行った。あなたを待った」

「空港からずっと尾行されていたにちがいない」

「それは明らかかね。疑問はその理由よ」

「いや、それは第二の疑問だ。第一の疑問は方法だ。きみがいつ、どこに現れるかを知っていた人物は？」

「あの保安官補が知っていたのは明らかかね。わたしの名前を手配しておいたから、わたしが航空券を買ったとたん、国土安全保障省から情報がはいった」

「なるほど。理由は？」

「フランツの事件を捜査しているからよ。ロサンゼルス郡の保安官補たちが。わたしは判明している関係者にあたる」

「われわれの全員がそうだ」

「最初にロサンゼルスに来たのはわたしよ」

「ということは、われわれは容疑者なのか？」

「そうなるのかもしれない。ほかに容疑者がいなければ」

「保安官補たちはよほど頭が悪いらしい」

「そんなものよ。わたしたちだって、ほかがすべて空振りだったら、判明している関係者に目をつける」

リーチャーは言った。「特別捜査官に喧嘩を売ってはならない」

「そのとおり」ニーグリーは言った。補に喧嘩を売ってしまった。大々的に。向こうには似たようなスローガンがないといいけど」

「あるに決まっている」


ロサンゼルス空港は無秩序に広がる巨大な迷宮だ。リーチャーが見たことのある空港の例に漏れず、いつまで経っても工事が終わらない。オドンネルは建設中の区域や外周の道路を縫うように進み、レンタカーの返却センターにたどり着いた。さまざまな会社の営業所が並んでいる。赤、緑、青を経て、ようやく〈ハーツ〉の黄色があった。数珠つなぎになっている列の端に車を停めると、会社のジャケットを着た男が駆け寄ってきて、リアウィンドウのバーコードに携帯スキャナーをかざした。それだけで済み、車は返却され、レンタルは終了した。線は断たれた。

「これからどうする？」オドンネルは言った。

ニーグリーは言った。「シャトルバスでターミナルに行って、タクシーをつかまえる。それからホテルをチェックアウトし、わたしたちふたりはマスタングでここに戻る。リーチャーには新しいホテルであの数字の解明にとりかかってもらう。それでいい？」

だが、リーチャーは返事をしなかった。駐車場の奥にあるレンタカー営業所のガラス窓の向こうを見つめていた。中で並んでいる人の列を。

笑みを浮かべて。

「どうしたの？」ニーグリーは言った。「リーチャー、どうしたの？」

「営業所の中だ」リーチャーは言った。「列の四番目。見えたか？」

「だれ？」

「小柄な黒っぽい髪の女がいるだろう？　あれはきっとカーラ・ディクソンだ」

23

リーチャーとニーグリーとオドンネルは急いで駐車場を突っ切り、一歩ごとに確信を深めた。営業所の窓の三メートル手前にまで来たときには、疑問の余地はなくなっていた。カーラ・ディクソンだ。見まがいようがない。黒っぽい髪の、やや小柄なとびきりの美人で、人の言動を悪いようにとる困った女。そのディクソンがすぐそこにいて、いまは列の三番目に進んでいる。苛々すると同時に、待つしかないとあきらめているのが身ぶりからわかる。昔と同じく、楽にしていてもおとなしくはしていられない様子で、エネルギーをつねに燃やし、一日が二十四時間では足りないという印象をつねに与えている。リーチャーの記憶にあるよりも痩せている。黒いタイトジーンズと黒革のジャケットというでたちだ。豊かな黒っぽい髪は短く切ってある。トゥミの黒革のキャリーケースを脇に置き、黒革のブリーフケースを肩からさげている。

背中に視線を感じたのか、ディクソンは振り返って三人をまともに見つめた。会ったのは数年ぶりではなく数分ぶりでしかないかのように、表情はたいして変わらない。軽く笑みを浮かべただけだ。笑みはやや悲しげで、事情をすでに知っているかに思える。それからディクソンは〝すぐにそっちに行くけど、民間人が相手だから辛抱して〟とでも言いたげに、カウンターの向こうの店員たちを顎で示した。リーチャーは自分とニーグリーとオドンネルを指差してから、四本の指を伸ばし、口の動きだけで〝4シーターにしてくれ〟と言った。ディクソンはうなずき、前を向いて順番を待った。

ニーグリーが言った。「聖書じみてきたわね。人がつぎつぎに生き返っている」

「聖書じみてなどいないさ」リーチャーは言った。「われわれの想定がまちがっていただけだ」

四人目の店員が奥の事務室から出てきて、カウンターの持ち場についた。列の三番目だったディクソンは、三十秒もしないうちに順番が来た。手渡されたニューヨーク州の運転免許証のピンク色の閃き(ひらめき)と、クレジットカードのプラチナの閃きが見える。店員がキーボードを操作し、ディクソンは書類にサインして分厚い黄色い包みと鍵を受けとった。ブリーフケースを引っ張りあげ、キャリーケースをつかんで出口へ向かう。歩道に出た。リーチャーとニーグリーとオドンネルの前に立ち、ひとりひとりを冷静で真剣なまなざしで見つめる。そして言った。「パーティーに遅れてごめんなさい。でも、あまり楽しいパーティーじゃなさそうね」

「どこまで知っている？」リーチャーは尋ねた。

ディクソンは言った。「あなたのメッセージを聞いたばかりよ。ニューヨークで直行便をのんびり待つ気にはなれなかった。とにかく動きたかった。すぐに出発する便はラスヴェガス経由だった。乗り継ぎまで二時間あったから、何本か電話をかけたり、駆けずりまわったりして調べた。わかったのは、サンチェスとオロスコが行方不明になっていること。三週間あまり前、地上から突然姿を消してしまったようね」

24

〈ハーツ〉が貸し出したのはフォード500で、そこそこ大きな4シーターのセダンだ。ディクソンはトランクに荷物を入れると、運転席に乗りこんだ。ニーグリーは助手席にすわり、リーチャーとオドンネルは後部座席に体を押しこんだ。ディクソンはエンジンをかけ、空港からセプルベダ・ブールヴァードを北へ向かった。そしてその後の五分間、話しつづけた。ディクソンは新入社員を装ってウォール・ストリートの証券会社に潜入していたらしい。依頼主は大手の機関投資家で、その会社の違法行為を疑っていた。命を惜しむ潜入工作員ならみなそうするように、ディクソンも偽装を徹底したが、そのせいで本来の生活と接点を持つわけにはいかなかった。会社支給の携帯電話や、会社支給の社宅にある会社支給の固定電話で自分のオフィスに電話をかけるわけにはいかなかったし、会社支給のブラックベリーでEメールを受信するわけにもいかなかった。結局、ニューヨークのポート・オーソリティ・バスターミナルの公衆電話からひそかにオフィスに電話をかけたのだが、いくつもの10－30がしだいに切迫の度を増しながらボイスメール機能に吹きこまれているのを知った。それで仕事と依頼主をほうり出してJFK空港に直行し、アメリカウェスト航空の便に飛び乗った。ラスヴェガス空港でサンチェスとオロスコに電話をかけたが、だれも出なかった。それどころか、ふたりのボイスメールは容量がいっぱいで、これは悪い兆しだった。そこでふたりのオフィスにタクシーで行ったのだが、もぬけの殻で、三週間ぶんの郵便物がドアの後ろに積み重なっていた。近所の人の話では、ずいぶん前からふたりの姿を見ていないとのことだった。

「なるほどな」リーチャーは言った。「これではっきりした。残っているのはこの四人だけだ」

その後の五分間はニーグリーが話しつづけた。得意の簡潔にして明瞭な状況説明だ。むだ話はしないが、詳細を省くこともない。アンジェラ・フランツから最初の電話があって以来の、確実な情報と推測を漏らさず伝えている。検死報告書、サンタモニカの小さな家、破壊されたカルヴァーシティの事務所、USBメモリー、ニューエイジのビル、オドンネルの到着、死んだ犬、サンタアナのスワンの家の近くで、勘ちがいからロサンゼルス郡の保安官補を襲撃してしまったこと、それにともない、必ずかかる追っ手を撒くために、〈ハーツ〉にレンタカーを返却しようと決めたこと。

「少なくともその部分はどうにかなったわね」ディクソンは言った。「いまはだれにも尾行されていないから、この車はひとまず安全よ」

「結論は？」リーチャーは訊いた。

車の流れが遅い大通りを三百メートル進むあいだ、ディクソンは考えていた。それから四〇五号線、つまりサンディエゴ・フリーウェイに乗ったが、サンディエゴ方面ではなく、北のシャーマン・オークスとヴァンナイズ方面へ向かった。

「おもな結論はひとつ」と言う。「フランツはわたしたちの何人かにだけ連絡したけど、それはその何人かしか来てくれないと思ったからじゃない。問題の深刻度を過小評価したからでもない。フランツはそれほどばかじゃない。それに、子供が生まれたりして、用心に用心を重ねていたように思える。だから考え方を変えなければいけない。だれがここにいて、だれがいないかに注目するの。フランツは大急ぎで駆けつけられる人にだけ連絡したんだと思う。すぐさま来てくれる人ということ。スワンに連絡したのは当然ね。この街に住んでいるんだから。サンチェスとオロスコにも連絡した。ラスヴェガスにいて、一時間かそこらで来られる。ほかの仲間は役に立たなかった。来るまで少なくとも一日はかかるから。つまり、迅速な行動、焦り、緊迫感といったものがうかがえる。半日でも遅れれば結果が変わってしまうような用件ということになる」

「具体的には？」リーチャーは訊いた。

「見当もつかない。パスワードを十一回もまちがえたのは残念だった。新しい情報やちがう情報を確かめられたのに」

オドンネルが言った。「鍵は名前のはずだ。確かなデータはそれしかなかった」

「数字だって確かなデータになりうる」ディクソンは言った。

「あれを解き明かそうとしても頭がこんがらがるだけだ」

「そうかもしれない。そうじゃないかもしれない。数字が語りかけてくるときもあるのよ」

「あれはちがう」

しばらくのあいだ、車内には沈黙が流れた。車の流れは順調だ。ディクソンは四〇五号線にレンタカーを走らせつづけ、一〇号線との立体交差を抜けた。

「どこへ向かう？」と訊く。

ニーグリーが言った。「〈シャトー・マーモント〉に行くのがいい。あのホテルなら人目につきにくくて、プライバシーを保てる」

「料金も高いぞ」リーチャーは言った。その口調に何かを感じとったのか、ディクソンは道路から背後に目をやった。

ニーグリーが言った。「リーチャーは素寒貧なのよ」

「意外じゃないわね」ディクソンは言った。「九年も働いていないんだから」

「リーチャーは軍にいたときも働き者じゃなかった」オドンネルが言った。「生活習慣は変わらないのさ」

「ほかの人に金を出してもらうのを気にしているのよ」ニーグリーは言った。

「かわいそうに」ディクソンは言った。

リーチャーは言った。「わたしは謙虚であろうとしているだけだ」

ディクソンは四〇五号線を進んでサンタモニカ・ブールヴァードに出た。そこから北東へ向かい、ベヴァリーヒルズとウェスト・ハリウッドを抜け、ローレル・キャニオンの丘の麓でサンセット・ブールヴァードに出る道順をたどった。

「行動指針を決めましょう」と言う。「特別捜査官にはけっして喧嘩を売ってはならない。ここにいる四人でそれをはっきりと教えてやらないといけない。ここにいない四人のために。それには指揮系統と計画と資金が必要になる」

ニーグリーが言った。「資金はわたしが引き受ける」

「大丈夫なの？」

「今年だけでも、国土安全保障省の金が七十億ドルも民間企業を潤している。その一部はシカゴにまで流れこんでいるし、会社の帳簿に行き着いた金の半分はわたしのものだから」

「つまり、金持ちなの？」

「軍曹時代よりは金持ちよ」

「どのみち金は取り戻せる」オドンネルが言った。「人が殺される理由は痴情か金銭だが、おれたちの仲間が痴情で殺されるわけがない。だからどこかで金銭がからんでいる」

「それなら、ニーグリーが資金を提供することに賛成の人は？」ディクソンが訊いた。

「おいおい、民主主義でも実践しているのか？」リーチャーは言った。

「臨時にね。賛成の人は？」

四本の手があがった。少佐ふたりと大尉ひとりが軍曹ひとりに勘定を持たせることになった。

「よし、つぎは計画よ」ディクソンは言った。

「指揮系統のほうが先だ」オドンネルは言った。「順番をまちがえるな」

「そうね」ディクソンは言った。「わたしはリーチャーを指揮官として推薦する」

「おれもだ」オドンネルは言った。

「わたしも」ニーグリーは言った。「昔どおりに」

「無理だ」リーチャーは言った。「わたしはあの保安官補を痛めつけた。いよいよとなったら降参し、あとはきみたちに任せなければならなくなる。そんな状況にある人間を指揮官にするわけにはいかない」

ディクソンは言った。「それはそうなったら考えればいい」

「そうなる」リーチャーは言った。「まちがいなく。あすか、遅くともあさってには」

「見逃してくれるかもしれない」

「寝言は寝て言え。昔のわれわれなら見逃すか？」

「その保安官補は恥じ入って報告しないかもしれない」

「報告する必要はない。まわりがいやでも気づく。窓が割られ、鼻が潰されているのだから」

「その保安官補はあなたたちの正体を知っているの？」

「ニーグリーの名前を手配していた。われわれを尾行していた。われわれの正体を知っている」

「降参するのはだめだ」オドンネルが言った。「刑務所送りになるぞ。いよいよとなったら、あんたは街を出るしかない」

「無理だ。保安官補たちはわたしを取り逃したら、おまえとニーグリーを共犯者として追う。それはまずい。この件では兵力が必要になる」

「弁護士を雇ってやるさ。安いのを」

「いいえ、腕利きを雇ってあげる」ディクソンは言った。

「どうでもいいが、わたしはそちらで手一杯になる」リーチャーは言った。

だれも何も言わない。

リーチャーは言った。「ニーグリーが指揮官になるべきだ」

「ことわる」ニーグリーは言った。

「ことわるのは許されない。これは命令だ」

「指揮官でないかぎり、命令はできない」

「それならディクソンだ」

「ことわる」ディクソンは言った。

「わかった、オドンネルだ」

「遠慮する」

ディクソンは言った。「刑務所送りになるまではリーチャー。そのあとはニーグリー。賛成の人は？」

三本の手があがった。

「後悔するぞ」リーチャーは言った。「知らないからな」

「それで、どういう計画にするの、ボス？」ディクソンが尋ね、その問いでリーチャーは九年の時間をさかのぼり、しょっちゅうそう訊かれていたころを思い返した。

「昔と同じだ」と言う。「捜査し、準備し、実行する。悪党どもを捜し出し、叩きのめし、先祖の墓に小便をかけてやる」

25

〈シャトー・マーモント〉は、サンセット・ブールヴァードが通っているローレル・キャニオンの丘の麓近くに建つ独特の古風な大建築物だ。数々の映画スターやロックスターがひいきにしていたことで知られる。壁には写真がたくさん飾られている。エロール・フリン、クラーク・ゲーブル、マリリン・モンロー、グレタ・ガルボ、ジェームズ・ディーン、ジョン・レノン、ミック・ジャガー、ボブ・ディラン、ジム・モリソン。レッド・ツェッペリンとジェファーソン・エアプレインもここに宿泊した。ジョン・ベルーシはここで死亡した。スピードボールを過剰摂取し、ホテルの宿泊客全員が倒れるほどの量のヘロインとコカインを乱用して。そのベルーシの写真はない。

フロント係はニーグリーのプラチナカードだけでよしとせず、おのおのの身分証の提示を求めたので、四人とも本名でチェックインした。仕方なく。空室は三つしかないとのことだった。ニーグリーが一室使うのは当然だったから、リーチャーとオドンネルが同じ部屋に泊まることにし、女たちには一室ずつ与えられた。つづいて、荷物を回収してチェックアウトするために、オドンネルがディクソンの車にニーグリーを乗せて〈ベヴァリー・ウィルシャー〉に戻った。その後は、ニーグリーがマスタングをロサンゼルス空港に戻し、オドンネルがディクソンの車で同行して、ニーグリーを連れ帰ることになった。三時間の小休止となる。リーチャーとディクソンはホテルに残り、その三時間をかけて数字の謎に取り組むことにした。

ディクソンの部屋ではじめた。フロント係の話だと、レオナルド・ディカプリオもこの部屋に泊まったことがあるそうだが、それらしい形跡は残っていない。リーチャーはベッドの上に七枚のスプレッドシートを横一列に並べ、ディクソンが楽譜や詩を読む人のように身をかがめて目を走らせるのを見守った。

「重要な点がふたつある」ディクソンは間を置かず言った。「満点がない。十回中十回とか、九回中九回とかがない」

「それから？」

「一枚目から三枚目までは数字が二十六個ずつあり、四枚目は二十七個、五枚目から七枚目までは二十六個ずつある」

「それは何を意味する？」

「わからない。でも、どのスプレッドシートにも余白がある。だから、二十六個と二十七個になっているのは何か意味があるにちがいない。たまたまではなく、わざわざそうしているということ。改ページしながらただ数字を書き並べたわけじゃない。もしそうだったら、七枚ではなく六枚にまとめてもよかったはず。つまり、これは何かの七つの異なるカテゴリーを示している」

「異なるが、似ている」リーチャーは言った。「数字に連続性がある」

「点数が悪化しているわね」ディクソンは言った。

「大幅に」

「しかもかなり突然に。順調だったのに、いきなり急落している」

「だとしても、なんの数字だろう」

「見当もつかない」

リーチャーは訊いた。「こんなふうに繰り返し測定されるものには何がある？」

「なんでもあると思う。単純な質問に対する回答を集計した精神衛生のデータとか。体力テストの結果を集計した身体能力のデータとか。エラーを記録した可能性もある。その場合、この数字は悪化ではなく改善を表している」

「カテゴリーは何が考えられる？　これは何を表している？　何が七つある？」

ディクソンはうなずいた。「それが鍵ね。まずそれを突き止めないと」

「医学的検査だとは考えられない。なんらかの検査だとは考えられない。二十六個の質問がつづいているのに、なぜその途中で二十七個の質問を突っこむ？　そんなことをしたら一貫性がなくなる」

ディクソンは肩をすくめ、身を起こした。ジャケットを脱ぎ、椅子にほうる。窓際に歩き、色褪(いろあ)せたカーテンをあけて、外を見おろした。それから丘を見あげた。

「ロサンゼルスは好き」と言う。

「たぶんわたしもだ」リーチャーは言った。

「ニューヨークのほうがもっと好き」

「おそらくわたしもだ」

「でも、対比の妙があるのよね」

「そうだな」

「こんな状況だけど、あなたに再会できてうれしい、リーチャー。ほんとうにうれしいのよ」

リーチャーはうなずいた。「こちらこそ。きみまで失ったかと思っていた。つらかった」

「ハグしてもいい？」

「わたしをハグしたいのか？」

「〈ハーツ〉の営業所で三人ともハグしたかった。でも、ニーグリーがいやがりそうだからやめたのよ」

「ニーグリーはアンジェラ・フランツと握手したぞ。ニューエイジの女傑とも」

「進歩したのね」ディクソンは言った。

「少しは」リーチャーは言った。

「昔、ニーグリーは虐待されていたのよ。わたしはずっとそう思っていた」

「本人はけっして打ち明けてくれないだろうな」リーチャーは言った。

「悲しいわね」

「確かに」

リーチャーは振り返ったカーラ・ディクソンを腕の中に迎え入れ、強く抱き締めた。いい香りがする。髪からはシャンプーのにおいがする。その体を宙に持ちあげ、ゆっくりと一回転した。軽く、痩せていて、華奢に感じる。背中が細い。黒いシルクのシャツの下の肌が温かい。床におろすと、背伸びをして頰にキスをしてくれた。

「会いたかった」ディクソンは言った。「みんなに、という意味だけど」

「わたしもだ」リーチャーは言った。「こんなに会いたくなるとは思ってもいなかった」

「軍を辞めたあとの生活は気に入っているの？」ディクソンは訊いた。

「ああ、大いに気に入っているよ」

「わたしは気に入っていない。でも、あなたはわたしよりもうまく対応できているのかもしれないわね」

「うまく対応できているかどうかはわからない。そもそも対応しているかどうかもわからない。きみたちを見ると、自分がその場で立ち泳ぎをしているだけのように感じる。あるいは溺れているだけのように。きみたちはみな泳いでいるのに」

「ほんとうに素寒貧なの？」

「ほぼ一文無しだ」

「わたしもよ」ディクソンは言った。「年に三十万ドルも稼いでいるのに、どん底の生活をしている。それが人生なのよね。あなたはそういう人生を運よく免れている」

「わたしもふだんはそんなふうに感じている。とはいえ、そういう人生に戻らなければならなくなったら話は別だ。ニーグリーがわたしの銀行口座に千三十ドル入金したんだよ」

「10－30の無線コード代わりに？　賢いわね」

「それと、航空券代として。あの金がなかったら、いまでもヒッチハイクでここに向かっている途中だろうな」

「歩きで向かっているわよ。まともな神経の持ち主ならあなたを車に乗せないから」

リーチャーは染みのある古い鏡に映った自分の姿を見た。身長百九十五センチ、体重百十三キロ、冷凍の七面鳥並みに大きな手、乱れた髪、無精ひげ、小さすぎるシャツのほころんだ袖。フランケンシュタインの怪物のようだ。

ホームレス。

〝強大なアメリカ軍の兵士が落ちぶれたものだ〟。

ディクソンは言った。「ひとつ質問してもいい？」

「どうぞ」

「同僚以上の関係になれればいいのにとずっと思っていたのよ」

「だれが？」

「あなたとわたしが」

「それは質問ではなく意見だ」

「あなたも同じように感じていた？」

「正直に言っていいのか？」

「お願い」

「ああ、わたしもそう感じていた」

「それなら、どうして同僚以上の関係にならなかったの？」

「正しいことではなかったからだ」

「ほかの規則は頭から無視していたのに」

「そんな関係になっていたら、部隊が崩壊していただろう。ほかの面々が嫉妬して」

「ニーグリーも嫉妬した？」

「本人なりに」

「秘密にできたかもしれない」

リーチャーは言った。「寝言は寝て言え」

「いまなら秘密にできるかもしれない。三時間ある」

リーチャーは何も言わなかった。

ディクソンは言った。「ごめんなさい。こんなひどいことが起こったせいで、人生の短さを痛感してしまっただけ」

リーチャーは言った。「どうせ部隊はもう崩壊しているな」

「そうね」

「東部に恋人はいないのか？」

「いまはいない」

リーチャーはベッドのほうにあとずさった。カーラ・ディクソンが近づき、すぐそばに立つ。その腰がリーチャーの太腿にあたっている。七枚の紙がベッドの上に並んだままだ。

「もう少しこれを調べたいか？」リーチャーは訊いた。

「いまはいい」ディクソンは言った。

「わたしもだ」リーチャーは紙を集めて重ねた。ナイトスタンドの上に置き、電話を重しにする。そして訊いた。「本気なんだな？」

「十五年前から本気よ」

「わたしもだ。だが、秘密にしないと」

「了解」

ディクソンを抱き寄せ、唇にキスをした。その歯並びに、舌がはじめて触れる。シャツのボタンは小さく、はずしにくかった。

26

事が終わり、ふたりでベッドに横たわっているとき、ディクソンが「そろそろ任務に戻らないと」と言った。リーチャーは寝返りを打ってナイトスタンドから紙の束を取ったが、ディクソンは言った。「いいえ、頭の中でやるのよ。そのほうが見えてくるものが多いはず」

「そうか？」

「数字は全部で百八十三個ある」と言う。「百八十三という数字について教えて」

「素数ではない」リーチャーは言った。「三と六十一が約数にある」

「素数かどうかはどうでもいい」

「二倍すれば三百六十六、すなわち閏年の日数になる」

「つまりこれは閏年の半年ということ？」

「スプレッドシートは七枚あるから、それはおかしい」リーチャーは言った。「どんな年でも半年は六ヵ月だから、スプレッドシートも六枚になる」

ディクソンは黙りこんだ。

リーチャーは考えた――半年。

半分。

結果に至る道はひとつではない。

二十六個と二十七個。

そして言った。「半年は何日ある？」

「平年の？　どこで切るかで変わってくる。百八十二日か百八十三日」

「どうやって半分にする？」

「二で割る」

「7／12を掛けたら？」

「半分より大きくなる」

「そのあとで6／7を掛けたら？」

「ちょうど半分に戻る。42／84になるから」

「それが答だ」

「よくわからない」

「一年は何週ある？」

「五十二週」

「平日は何日ある？」

「週五日なら二百六十日、週六日なら三百十二日」

「週六日なら七ヵ月間に平日は何日ある？」

ディクソンは少し考えた。「どの七ヵ月を選ぶかで変わってくる。日曜日がどこに来るかで変わってくる。一月一日が何曜日かで変わってくる。連続した七ヵ月を見るのか、特定の月を選ぶのかで変わってくる」

「数字を出してみろ、カーラ。考えられる答はふたつしかない」

ディクソンは間をとった。「百八十二日か百八十三日」

「そのとおり」リーチャーは言った。「この七枚のスプレッドシートは、平日を週六日としたときの、七ヵ月間の平日を示している。大の月のひとつは日曜日が四回しかなかった。だからそれだけ二十七日間になっている」

ディクソンは掛け布の下から滑り出て、ブリーフケースを置いた場所に裸のまま行き、ファイロファックスの革装のシステム手帳を取ってきた。手帳を広げてベッドの上に置くと、ナイトスタンドから紙を取って手帳の手前に一列に並べた。視線が七度行き来する。

「今年よ」と言う。「直近の七つの月。先月末までの。日曜日を除くと、二十六日の月が三つあって、二十七日の月をひとつはさみ、二十六日の月がさらに三つある」

「それが答だ」リーチャーは言った。「直近の七ヵ月にわたって、週六日のなんらかの値がしだいに悪化していた。なんらかの結果が。謎の半分は解けた」

「簡単なほうの半分よ」ディクソンは言った。「なんの値なのかを突き止めないと」

「月曜日から土曜日まで、一日に九回、十回、十二回、十三回と起こる可能性があるが、必ずしもそのとおりに起こるわけではない何かだ」

「その何かとは？」

「わからない。一日に十回や十二回起こることにはどんなものがある？」

「フォード・モデルTの製造でないのは確かね。もっと規模が小さいもののはず。それか、専門職にからんだもの。歯医者の予約とか。弁護士の予約とか。美容院の予約とか」

「フランツの事務所の近くにネイルサロンがあったな」

「ネイルサロンは一日にもっとたくさんの客をさばいている。だいたい、失踪した四人と四つの偽名を持つシリア人に、爪がどう関係してくるのよ」

「わからない」リーチャーは言った。

「わたしだってわからない」ディクソンは言った。

「シャワーを浴びて服を着るべきだな」

「それはあとで」

キスを再開した。

「なんのあとで？」

ディクソンは答えない。またベッドの上に乗り、リーチャーを枕に押しつけると、

三千二百キロ東、十一キロ上空では、いまはアラン・メイソンと名乗っている黒っぽい髪の四十がらみの男が、ユナイテッド航空のボーイング７５７の前部客席に乗っていた。ニューヨーク州のラガーディア空港発、コロラド州のデンヴァー空港行きの便だ。座席番号は３Ａで、脇の肘掛けのトレーにはスパークリングウォーターのグラスが置かれ、膝の上には新聞が広げられている。だが、男は新聞を読んではいなかった。窓の外に目を向け、眼下に広がる真っ白な雲を見つめていた。

十三キロ南では、紺のスーツを着た男が紺のクライスラーを運転し、ロサンゼルス空港の〈ハーツ〉の駐車場から戻るオドンネルとニーグリーを尾行していた。男は先ほど、〈ベヴァリー・ウィルシャー〉から出るふたりを見てとった。飛行機に乗るのだろうと考えて、空港のターミナルまで尾行できる位置についた。オドンネルがセプルベダ・ブールヴァードを北へ引き返したので、慌てて追いかける羽目になった。そんな流れだったから、ずっとふたりから十台後ろにいる。むしろ好都合だ、と男は思

った。秘密裏の監視という点では。

27

オドンネルが「完全に行き詰まったな」と言うと、ニーグリーも言った。「事実を直視しないと。たどれる線もなく、有用なデータもないに等しい」

ふたりはレオナルド・ディカプリオも泊まったというカーラ・ディクソンの部屋にいた。ベッドは整えてある。リーチャーとディクソンはシャワーを浴び、服を着て、髪を乾かしてあった。そしてかなりの間隔を空けて立っている。七枚のスプレッドシートはドレッサーの上に並べられ、隣にシステム手帳が置いてある。それが直近の七つの月を示していることについては、だれも異論を差しはさまなかった。とはいえ、その情報がどんな役に立つのかは、だれもわからなかった。

ディクソンがリーチャーを見て訊いた。「どうするの、ボス」

「ひと息入れる」リーチャーは言った。「われわれは何かを見落としている。頭が働いていない。ひと息入れてから再開したほうがいい」

「昔はひと息入れたりしなかったのに」

「昔は目がもう五組あった」

紺のスーツを着た男は報告を入れた。「連中は〈シャトー・マーモント〉に移りました。いまは四人に増えています。カーラ・ディクソンが現れました。つまり、万事順調です」それから男はボスの返事に耳を傾け、シャツの前に垂れたネクタイを撫でているその姿を想像した。

リーチャーはひとりで散歩に出かけ、サンセット・ブールヴァードを西へ歩いた。やはり単独行動が性に合っている。ポケットから金を出して数えた。たいして残っていない。土産物屋に寄ると、レールに安売りのシャツが吊されていた。一年前の流行だ。あるいは十年前の。レールの端に、白い模様がはいった青いシャツがまとめて吊されている。光沢があり、何かの化学繊維で作られている。開いた襟先、半袖、角張った裾。一着を手に取った。一九五〇年代に父親がボウリングに行くときに着ていそうな服だ。ただし、サイズは三つ大きい。リーチャーは生前の父親よりずっと大柄だ。鏡を見つけ、ハンガーを顎の下にあてがった。サイズは合いそうに見える。肩幅は充分にあるようだ。半袖なら、長い腕が収まる服を探すという手間も省ける。リーチャーの腕はゴリラ並みで、ひたすら長くて太い。

シャツは税込みで二十一ドルほどだった。レジにいた店員に金を払うと、値札を噛み切り、いま着ているシャツを脱いで、新しいシャツをその場で着た。裾は出したまま、下に引っ張って整え、肩をまわす。いちばん上のボタンをあけておけば、サイズはちょうどいい。二頭筋のあたりは袖がきついが、血行が悪くなるほどではない。

「ごみ箱はあるかな」と訊いた。

店員はかがみ、白いビニール袋を内側にかぶせた金属製の円筒形の容器を出した。リーチャーは古いシャツをまるめてそこにほうりこんだ。

「近くに床屋はあるかい」と訊く。

「二ブロック北にあるよ」店員は言った。「丘の上だ。食料雑貨店の隅で靴磨きと散髪をやってる」

リーチャーは何も言わなかった。

「ローレル・キャニオンだからな」店員は弁明するように言った。

食料雑貨店はアイスボックスのビールと、プランジャーポットのコーヒーを売っていた。リーチャーはハウスブレンドのブラックコーヒーのMサイズを手に取り、床屋の椅子へ向かった。赤いまだら模様のビニールを張った古くさい代物だ。シンクに折りたたみ式の剃刀が置かれ、靴磨き用の椅子がそばにある。白いランニングシャツ姿の痩せた男がそこにすわっている。両腕が注射痕だらけだ。男は顔をあげ、これからやる仕事の量を見定めるかのように考えこんだ。

「当ててみせよう」男は言った。「ひげ剃りと散髪だな？」

「安いのか？」リーチャーは言った。

「八ドルだ」男は言った。

リーチャーはまたポケットを確かめた。

「十ドル」と言う。「靴磨きとコーヒーの代金も込みで」

「それだと十二ドルになる」

「十ドルしかない」

男は肩をすくめて言った。「まあいいだろう」

ローレル・キャニオンだからな、とリーチャーは思った。三十分後、一文無しになったが、靴はきれいになり、顔も以前のようになめらかになった。頭も顔並みに剃りあげられている。ふつうの陸軍式のバズカットを頼んだのだが、海兵隊式にずっと近い髪形にされた。男が退役軍人でないのは明らかだ。リーチャーは間をとって、男の両腕をもう一度見た。

そして尋ねた。「このあたりでドラッグを買えるところはあるか？」

「あんたは縁がなさそうだが」男は言った。

いる」

ランニングシャツを着た男は肩をすくめて言った。「蠟人形館（ろうにんぎょうかん）の裏にいつも売人が
「あてはある」
「金はないんじゃなかったのか」
「友人用さ」

丘の麓の道を二ブロック歩き、裏からホテルに戻った。途中で路肩に停められた紺のクライスラー300Cの脇を通り過ぎた。運転席に紺のスーツを着た男がすわっている。スーツと車体の色はほぼ同じだ。エンジンは切ってあり、男はただ待っている。送迎車らしい。リムジンだ。どこかの野心的なリムジンサービスの経営者が、リンカーンのディーラーよりも安い価格をクライスラーのディーラーから提示され、タウンカーから切り替えたのだろう。そして運転手には車と色がそろいのスーツを着せて売りにしようとした。ロサンゼルスのリムジンサービス業界は競争が激しい。何かでそう読んだことがある。

新しいシャツに対して、ディクソンとニーグリーは礼儀正しくふるまったが、オドンネルは笑った。髪形に対しては三人とも笑った。リーチャーは気にしなかった。デ

ィクソンの部屋の染みのある古い鏡で自分の髪形を見て、確かにちょっと切りすぎだと思った。もはや丸刈りだ。気晴らしを提供できたのはうれしかった。これくらいしか軽い息抜きができそうにないのは明らかだ。この仲間たちとは二年のあいだ、力を合わせて犯罪に立ち向かったが、その中には陰惨な事件も、金銭ずくの事件も、残酷な事件も、身の毛のよだつ事件もあり、そんなときはどこの警察官もそうするように、冗談で気をまぎらわした。ブラックユーモアで。万国共通の逃避手段で。頭部の残骸に園芸用のシャベルが突き刺さった腐乱死体を発見したときは、すぐさまその死体をダグと命名し、大笑いしたものだ。のちの軍法会議で、スタン・ロウリーが口を滑らせ、本名の代わりにそのあだ名を使ってしまった。弁護側の法務総監はそれがだれのことなのかわからなかった。ロウリーは証人席でまた笑い声をあげて言った。〝だって、突き刺さって(ダグ)いたんですよ？　シャベルが頭に。わかります？〟。

いまはだれも笑わない。自分が関係者になったら話は別だ。

スプレッドシートはまたベッドの上に並べられている。七ヵ月間で百八十三日。分母となっている出来事を合計すれば二千百九十七回。隣に新しい紙があり、ディクソンが手書きで記している。同じ割合をあてはめて、一年間では三百十四日、出来事は三千七百六十六回と推測してある。ディクソンの提案で、一年間で三百十四日のあいだに三千七百六十六回起こるものには何があるか、ブレインストーミングを実行していたのだろう。しかし、紙の残りは空白になっている。だれも何も思いつかなかったにちがいない。五つの名前が書かれた紙は枕の上だ。考えているうちにうんざりして投げ捨てたかのように、無造作に置かれている。

「これだけではないはずだ」オドンネルが言った。

「何が要る？」リーチャーは訊き返した。「虎の巻か？」

「おれが言いたいのは、これだけでは人が四人も死ぬ理由にはならないということだ」

リーチャーはうなずいた。

「同感だ」と言う。「充分ではないな。悪党どもがほぼすべてを握っているからだ。フランツのコンピュータも、回転式名刺ホルダー（ローロデックス）も、顧客名簿も、電話帳も。われわれには氷山の一角しかない。断片だけだ。考古学の遺物のようなものだな。だが、受け入れたほうがいい。今後もこんなものしか手にはいらないだろう」

「それならどうする？」

「癖を直せ」

「どんな癖を？」

「わたしに指示を仰ぐ癖だ。あすにはわたしはここにいないかもしれない。保安官補たちはいまごろいきり立っている。おまえたちは自分の頭で考えなければならなくなる」

「それまではどうする？」

リーチャーは問いを無視した。代わりにカーラ・ディクソンに顔を向けて尋ねた。

「レンタカーを借りたとき、追加保険にははいったか？」

ディクソンはうなずいた。

「よし」リーチャーは言った。「もう一度、ひと息入れてくれ。そのあと、夕食を食べにいこう。わたしのおごりだ。最後の晩餐（ばんさん）になるかもしれないな。一時間後にロビーで会おう」


入出庫サービス付きの駐車場からディクソンのフォードを出し、ハリウッド・ブールヴァードを東へ走らせた。〈チャイニーズ・シアター〉の先の、ハリウッド博物館の手前でハイランド・アヴェニューを左折する。少し東にハリウッド・ブールヴァードとヴァイン・ストリートの交差点があり、昔はそこが悪の巷（ちまた）だった。いまでは悪も例によって場所を移している。法執行機関が勝利したわけではない。あちらこちらのブロックに悪を追い散らしただけだ。

路肩に車を停めた。蠟人形館の裏に広い横道がある。実際は半区画の空き地で、砂利が敷かれ、フェンスはなく、車が転回広場として利用していたところを、麻薬密売人がドライブスルー施設として再利用している。売買は昔ながらの三角方式でおこなわれている。買い手は車でここに進入し、減速する。十二歳にもならない子供が近づいてくる。買い手は注文を言い、金を渡す。子供は集金係に金を届け、つづいて保管係から商品を受けとる。その間に買い手はゆっくりと半円を描いて進み、空き地の反対側で子供と落ち合う。そして商品が渡され、買い手は走り去る。子供はもとの場所に戻り、また同じ作業をおこなうために待機する。

賢いやり方だ。商品と金を完全に切り離して、いざとなったら三人がばらばらに逃げられるようにし、年少すぎて訴追できない子供以外は、取引の現場を目撃されない。商品はしばしば補充され、保管係が一度に最低限の量しか持たずに済むようになっている。金のバッグはたびたび空にされ、金がなくなったり集金係が襲われたりする恐れを小さくしている。

賢いやり方だ。

前にも見たことのあるやり方だ。

前にもつけこんだことのあるやり方だ。

集金係(バッグマン)は文字どおりバッグを携えている。空き地の真ん中のコンクリートブロックにすわり、足もとに黒いビニール製のダッフルバッグを置いている。サングラスをかけていて、今週のお気に入りの拳銃で武装していることだろう。

待った。

　黒いメルセデスMLが速度を落として空き地にはいっていった。窓にスモークフィルムを貼った高級SUVだ。カリフォルニア州のナンバープレートで、リーチャーにはわからない頭字語が記されている。メルセデスが入口で一時停止すると、子供が駆け寄った。運転席の窓に頭がほとんど届いていない。だが、手は届いた。それが蛇のように上に伸び、折った札束を受けとって下に戻った。メルセデスは低速で前進し、子供は集金係のもとへ走った。札束がバッグに入れられ、子供は保管係のほうへ向かった。メルセデスはゆっくりと半円を描いて転回しはじめている。

　リーチャーはディクソンのフォードのギヤを入れた。北と南に視線を走らせる。アクセルペダルを踏みこみ、ハンドルを切って、空き地に突入した。すり減った円形の轍（わだち）を無視し、真ん中へと直行した。

　加速し、前輪で砂利を跳ね飛ばしながら、集金係へと。

　集金係が凍りつく。

　正面衝突する三メートル手前で、三つの行動をした。急ハンドルを切る。ブレーキペダルを踏みこむ。運転席のドアをあける。車が右に回転し、転がっている砂利を前輪で掻き分けるとともに、弧を描いて開いたドアが強烈なパンチさながらに集金係を直撃した。腰から顔まで強打された集金係は後ろへ倒れ、車は急停止した。リーチャーは身をかがめて左手でビニール製のダッフルバッグを地面から引ったくった。助手席に投げ入れ、アクセルペダルを踏みこみ、ドアを閉め、遅いメルセデスの内側で小さくUターンする。轟音をあげながら空き地を飛び出し、縁石を乗り越えてハイランド・アヴェニューに戻った。バックミラーに、立ちこめる土埃と、混乱と、仰向けに伸びている集金係と、走るふたりが映っている。十メートル進み、巨大な蠟人形館の陰に隠れた。それから信号を抜け、ハリウッド・ブールヴァードに戻った。

はじめから終わりまで、十二秒。

反応はない。銃声もない。追っ手もない。

あるはずがない、と思った。ごくふつうのフォードと不恰好(ぶかっこう)なシャツと短髪を見てとった密売人たちは、年金の足しにしようとしたロサンゼルス市警のはみ出し者の仕業だと考えるだろう。仕事をするうえでの必要経費のようなものだ。メルセデスのドライバーだって、だれにも何も言えるわけがない。

そうとも、特別捜査官にはけっして喧嘩を売ってはならない。

速度を落として息を整え、右折したのち景勝地を反時計まわりに一周した。ニコルズ・キャニオン・ロード、ウッドロー・ウィルソン・ドライヴを経て、ローレル・キャニオン・ブールヴァードに戻る。だれも追ってはこない。丘の上の人けのないヘアピンカーブで車を停めると、バッグを空にして路肩に捨てた。それから金を数えた。

大半は二十ドル札と十ドル札で、九百ドル近くある。夕食には充分だ。ノルウェー産の水を付けても。チップを付けても。
　外に出て、車の状態を確かめた。運転席のドアの真ん中が少しへこんでいる。集金係の顔がぶつかったところだ。血痕はない。車の中に戻ってシートベルトを締めた。十分後には〈シャトー・マーモント〉のロビーの色褪せたビロード張りの椅子にすわり、ほかの三人を待っていた。

〈シャトー・マーモント〉の千六百キロ北東では、アラン・メイソンと名乗っている黒っぽい髪の四十がらみの男が、デンヴァー空港の到着ゲートからメインターミナルへ向かう地下鉄に乗っていた。その車両の乗客は自分だけで、疲れてすわっていたが、案内音声に先立って流れるジャグバンドの珍妙な車内チャイムに笑みを漏らしていた。旅行のストレスを減らすために心理学者が指定したのだろう。効果はあるようだ。気分がいい。あまりに緊張感がなさすぎると言ってもいいほどに。

28

結局のところ、リーチャーが払った夕食代は九百ドルよりずっと少なかった。味からか、好みからか、状況への配慮からか、困窮しているリーチャーへの遠慮からか、ほかの三人が選んだのはサンセット・ブールヴァードの〈モンドリアン・ロサンゼルス〉のすぐ東にある騒がしいハンバーガーショップだったからだ。ノルウェー産の水は提供されていない。提供されているのは、国産の生ビールと、分厚い肉汁たっぷりのパテと、ピクルスと、往年の大音量のリズム・アンド・ブルースだけだ。五〇年代の雰囲気があり、リーチャーには居心地がよかった。ほかの三人はやや場ちがいだ。一行は四人掛けの丸テーブルのまわりにすわっている。古い友人に再会した喜びが、姿を消したほかの友人の記憶に掻き消され、会話は途切れがちだった。リーチャーはもっぱら聞き役を務めた。丸テーブルの効果で、だれも主役にならない。場の中心はあちらに行ったりこちらに行ったりしている。昔話と近況報告に三十分を費やしたすえに、話題はフランツに戻った。

オドンネルが言った。「事のはじまりから検討しよう。奥さんのことばを信じるのなら、フランツは四年以上前にありきたりなデータベース検索以外はやめている。それなのに、なぜ突然、これほど重大な案件に首を突っこんだ？」

ディクソンが言った。「だれかに頼まれたからよ」

「そのとおり」オドンネルは言った。「この件のきっかけとなったのは依頼主だ。だとすれば、依頼主はだれなんだ？」

「だれでもありうる」

「いや」オドンネルは言った。「特別な人物のはずだ。フランツは力を尽くした。そのだれかのために、四年もつづけていた習慣を破った。妻子との約束を破ったようなものだ」

ニーグリーが言った。「大金で釣られたのかもしれない」

「それか、なんらかの恩があったのかもしれない」ディクソンは言った。

ニーグリーは言った。「それか、最初はいつもの仕事のように思えたのかもしれない。どんな事態を招くか、フランツはわかっていなかったのかもしれない。依頼主もわかっていなかったのかもしれない」

リーチャーは聞いていた。〝特別な人物のはずだ。なんらかの恩があったのかもしれない〟。オドンネル、ディクソン、ニーグリーが順繰りに発言するのを見守った。

三人のあいだで会話のベクトルが跳ね返り、宙に大きな三角形を描いている。脳裏で何かがざわめいている。数時間前、ロサンゼルス空港を離れる車の中で、ディクソンが言った台詞が。目を閉じても思い出せない。リーチャーも議論に加わり、三角形が四角形に変わった。

「アンジェラに尋ねるべきだ」と言う。「付き合いの長い大物の依頼主のたぐいがいたのなら、家で名前を出したかもしれない」

「おれもチャーリーに会ってみたいな」オドンネルは言った。

「あす行こう」リーチャーは言った。「保安官補たちがわたしを追ってこなければ。そうなったらわたし抜きで進めてくれ」

「楽観的に考えましょう」ディクソンは言った。「その保安官補は脳震盪を起こしたかもしれない。あなたのことどころか、自分のことも思い出せないかもしれない」

四人はホテルに歩いて戻り、ロビーで別れた。寝酒をやる気分ではなかった。ひと眠りして朝早くに再開することで無言のうちに合意した。リーチャーとオドンネルは連れ立って上へ向かった。たいしてことばは交わさずに。リーチャーは枕に頭を預けてから五秒後には眠りに落ちていた。

朝の七時に目を覚ました。朝日が窓から差しこんでいる。デイヴィッド・オドンネルがドアからはいってきた。慌てている。もう服を着て、新聞を小脇にはさみ、コーヒーの紙コップを両手に持っている。

「散歩に行っていた」オドンネルは言った。

「それで？」

「あんたはまずいことになっている」と言う。「たぶん」

「だれだ」

「あの保安官補だ。ここから百メートル離れたところに車を停めている」

「同じ男か？」

「同じ男だし、同じ車だ。顔には金属製の副木を着けていたし、車の窓にはごみ袋が貼りつけてあった」

「姿を見られたか？」

「いや」

「保安官補は何をしている？」

「ただすわっている。待っているかのように」

29

　四人はディクソンの部屋で朝食を注文した。大昔に学んだ第一の鉄則だ――食べられるときに食べろ。つぎにいつその機会が訪れるかわからないからだ。連行されそうなときはなおさらだろう。リーチャーは卵やベーコンやトーストを頰張り、大量のコーヒーで喉に流しこんだ。落ち着いてはいたが、苛立っていた。

「ポートランドにとどまるべきだった」と言う。「そのほうがましだった」

「どうやってこんなに早くわたしたちを見つけたのかしら」ディクソンが訊いた。

「コンピュータよ」ニーグリーが言った。「国土安全保障省と愛国者法のおかげ。いまではホテルの宿泊客名簿をいつでも調べられる。この国は警察国家になっている」

「おれたちだって警察だ」オドンネルが言った。

「元警察よ」

「いまの警察はうらやましいな。汗水垂らして働かずに済んで」

「おまえたちは行ってくれ」リーチャーは言った。「巻きこみたくない。そんな時間の余裕はない。出る際は保安官補に見つからないようにしろ。アンジェラ・フランツに会いにいけ。依頼主の線を追え。わたしは戻れたら戻る」

コーヒーを飲み干し、自分の部屋に戻った。折りたたみ式の歯ブラシをポケットにしまい、パスポートとATMカードと残った現金八百ドルのうちの七百ドルはオドンネルのガーメントバッグに隠しておく。ある種のものは逮捕後に紛失しがちだからだ。それからエレベーターでロビーにおりた。肘掛け椅子にすわって待つ。ホテルの廊下を走りまわるような大捕物にする必要はない。不運と災難ばかりの人生から第二の鉄則を学んだからだ――ささやかな尊厳を保て。

待った。

三十分。六十分。ロビーには朝刊が三紙置いてあったが、すべて読み尽くした。一言一句に至るまで。スポーツ面も、連載記事も、社説も、国内面も、国際面も。そして経済面も。国土安全保障省が民間部門に与える財務上の影響についての記事があった。ニーグリーが話していた七十億ドルという数字が引き合いに出されている。大金だ。これをうわまわるのは、軍需企業に支払われる巨額の金だけだと記事には書いてある。ペンタゴンは現在でもどこよりも金を持っていて、現在でもそれをむやみにばら撒いている。

九十分。

何も起こらない。

二時間が過ぎた時点で、立ちあがって新聞をラックに戻した。ドアに歩み寄り、外を見た。まぶしい太陽、青い空、控えめなスモッグ。弱い風が外来種の木々を揺らしている。ワックスをかけた車が光を照り返しながらゆっくりと走り過ぎていく。いい天気だ。カルヴィン・フランツが姿を消してから二十四日。もうじき四週間になる。トニー・スワンとジョージ・サンチェスとマニュエル・オロスコが姿を消してからも同じくらいだろう。

〝犯人はもう死んだも同然だ。わたしの友人をヘリコプターから突き落とすようなやつらは生かしておけない〟。

外に出た。狙撃されるのを覚悟しているかのように、少しのあいだ無防備に立つ。全SWATチームを配置につかせるだけの時間はあったにちがいない。それなのに、歩道は静かなものだ。駐車車両はない。無害そうな花屋のトラックもない。偽の電話線工事員もいない。監視はない。左に曲がってサンセット・ブールヴァードを歩いた。ふたたび左に曲がり、ローレル・キャニオン・ブールヴァードを歩く。生け垣や植栽の近くにとどまったまま、ゆっくりと。みたび左に曲がり、ホテルの裏に延びる曲がりくねった山道に出た。

黄褐色のクラウンヴィクトリアが真正面に停まっている。

百メートル先の反対側の路肩に、一台きりで駐車している。静かで、動きはなく、エンジンは切ってある。オドンネルが言っていたとおり、割れた助手席の窓に黒いごみ袋がたるまないように貼ってある。男が運転席にいる。ただすわっている。体は動かさず、規則的に首の向きを変えているだけだ。バックミラー、前方、ドアミラーに。一定のリズムを崩さずに。眠気を誘われそうだ。鼻を覆うアルミニウム製の副木に光があたっている。

何時間も動かしていないのか、車は冷えきっているように見える。

男はひとりで見張り、待っているだけだ。

だが、何を？

きびすを返し、来た道を戻った。ロビーに戻り、椅子に戻る。また腰をおろした。

新しい仮説が頭の中に芽生えている。

〝フランツの奥さんから電話があった〟とニーグリーは言っていた。

〝フランツの奥さんはきみに何を頼んだ？〟。

〝何も〟とニーグリーは言っていた。〝ただの訃報だった〟。

〝ただの訃報だった〟。

そして――ドアノブにつかまって引きずられるようになっていたチャーリー。リーチャーは〝勝手にドアをあけていいのかい〟と尋ねた。男の子は〝うん、いいんだよ〃と言った。

そして――〃チャーリー、外で遊んできなさい〃。

そして――〃あなたにはわれわれに話していないことがあると思う〃。

〃仕事をするうえでの必要経費のようなものだ〃。

〈シャトー・マーモント〉のロビーのビロード張りの肘掛け椅子にすわり、考えながら待った。外に面したドアから先にはいってくるのが昔の部隊か、あるいはいきり立ったロサンゼルス郡保安官補たちの一団かによって、この仮説が正しいか、あるいは誤っているかが証明される。

30

　ドアから先にはいってきたのは昔の部隊だった。全員はそろっていないにせよ。生き残りだけだ。オドンネルもニーグリーもディクソンも急ぎ足で、不安がにじみ出ている。三人はリーチャーの姿を見てとり、驚いて足を止めた。リーチャーは手をあげて挨拶した。

「まだここにいたのか」オドンネルが言った。

「いや、この姿は幻覚だ」

「そいつはすごいな」

「アンジェラはなんと言っていた？」

「何も。依頼主のことは何も知らなかった」

「様子はどうだった？」

「いかにも夫を亡くしたばかりの女という感じだった」

「チャーリーのことはどう思った？」

「いい子だな。父親と同じように。フランツはあの子の中で生きつづけていると言えそうだ」

ディクソンが言った。「どうしてまだここにいるの？」

「実に鋭い質問だ」リーチャーは言った。

「答は？」

「保安官補はまだ外にいたか？」

ディクソンはうなずいた。「通りの端から見えた」

「上に行こう」


リーチャーとオドンネルが泊まっている部屋を使った。ふたり部屋だから、ディクソンの部屋より少し広い。リーチャーがまずやったのは、オドンネルのガーメントバッグから現金とパスポートとＡＴＭカードを回収することだった。

オドンネルが言った。「今後も同行できると考えているようだな」

「そう考えている」リーチャーは言った。

「なぜ？」

「チャーリーが勝手にドアをあけたからだ」

「というと？」

「アンジェラはとてもいい母親に思える。悪くても、まともな母親だ。チャーリーは清潔で、栄養状態も身なりも精神状態もよく、大切にされ、しっかり面倒を見てもらっていた。だから、アンジェラは子育てに関しては誠実に務めを果たしていると結論できる。にもかかわらず、赤の他人の男女が訪ねてきたとき、子供にドアをあけさせた」

ディクソンが言った。「夫が殺されたばかりなのよ。そこまで気がまわらなかったのかもしれない」

「だからこそ正反対の行動をとるほうが自然だろう。夫が殺されたのは三週間あまり前だ。当初はどんな反応をしたにしろ、アンジェラはその段階をもう乗り越えたと思う。いまはこれまで以上にチャーリーに執着している。もうあの子しか残されていないからだ。にもかかわらず、チャーリーに客を迎えさせた。さらに、外で遊ぶよう言った。自分の部屋で遊べとは言わなかった。外に行けと言ったんだ。サンタモニカだぞ？　人も車も多い通りに面した庭だぞ？　なぜそんなところで遊ばせる？」

「わからない」

「安全だと知っていたからだ」

「どうして？」

「保安官補が家を見張っていると知っていたからだ」

「そうなの？」

「なぜアンジェラは二週間も経ってからニーグリーに連絡した？」

「そこまで気がまわらなかったから」ディクソンはふたたび言った。

「その可能性はある」リーチャーは言った。「だが、別の理由があるのかもしれない。そもそも、われわれに連絡する気はなかったのかもしれない。われわれは遠い過去の存在だ。アンジェラはフランツの現在の生活のほうが好きだった。当然だな。アンジェラ自身がフランツの現在の生活なのだから。われわれは野蛮で、危険で、粗野な、古き悪しき日々の象徴だった。アンジェラはわれわれのことが気に入らなかっただろう。そこまでいかなくても、少し嫉妬していただろうな」

「同感よ」ニーグリーが言った。「わたしもそんな印象を受けた」

「それなら、なぜきみに連絡した？」

「わからない」

「保安官補たちの立場から考えればいい。小さな保安官事務所で、人員はかぎられている。砂漠で死体を発見し、身元を特定し、行動を開始する。定石どおりに。まずは被害者の人物像を明らかにする。その過程で、被害者がかつて軍の腕利きの捜査チームに所属していたことを知る。そして、昔の仲間がひとりを除いておそらくいまでもどこかで生きていることを知る」

「そしてわたしたちに容疑をかける？」

「いや、われわれを容疑者から除外し、捜査を進めるだろう。だが、そこで行き詰まる。手がかりにも、きっかけにも、幸運にも恵まれず。八方ふさがりになる」

「それで？」

「それで、苛立ちが募る二週間を過ごしたすえに、一案を思いつく。アンジェラから夫の部隊やその団結心や昔のスローガンについて詳しく聞いていたので、そこに光明を見出す。出番を待つフリーランスの捜査チームがいるも同然だからだ。頭が切れ、経験が豊かで、そして何より、きわめて熱心に取り組んでくれそうなチームが。そういうわけで、アンジェラをうながしてわれわれに連絡させる。ただし、ただの訃報にとどめる。というのも、保安官補たちは知っているからだ。それが機械仕掛けの人形のネジを巻くのと同じであることを。われわれがここに駆けつけることを。われわれが答を探すことを。自分たちは表に出ずとも、われわれを見張り、われわれの行動に便乗できることを」

「それはさすがに無理があるぞ」オドンネルが言った。

「だが、このとおりのことが起こったと思う」リーチャーは言った。「電話がつながったのはニーグリーだけだと、アンジェラは教えた。保安官補たちはニーグリーの名前を手配し、ロサンゼルスに来たことをつかみ、尾行した。そして身を潜めたまま、残りの仲間がひとりまたひとりと現れるのを見張った。その後のわれわれの行動も逐一見張っている。捜査の代行。アンジェラがわれわれに話していないことはそれだ。保安官補たちはわれわれを隠れ蓑として使いたいと頼み、アンジェラは受け入れた。わたしがまだここにいるのもそれが理由だ。ほかに説明はつかない。鼻を潰されたのも必要経費のようなものだとあきらめたのだろう」

「そんなばかな」

「確かめる方法がひとつだけある。このブロックの裏にまわりこみ、あの保安官補と話すことだ」

「本気か？」

「ディクソンが適任だな。サンタアナを訪れた際は、まだ同行していなかった。だからわたしの考えがまちがっていたとしても、撃たれたりはしないだろう」

31

　ディクソンは部屋から出ていった。無言で。オドンネルが言った。「きょうのアンジェラは何も隠していなかったと思う。つまり、フランツには依頼主がいなかったと思う」

「どれくらい厳しく問いただした？」リーチャーは訊いた。

「問いただすまでもなかった。見ればわかった。アンジェラは何も情報を持っていない。付き合いの長い大物の常連客から頼まれたのでないかぎり、フランツがこういう件に首を突っこむとは考えられないし、そういう常連客がいるのに、アンジェラが名前も聞いたことがないとは考えられない」

　リーチャーはうなずいた。それから軽く笑みを浮かべた。やはり昔のチームはいい。全幅の信頼が置ける。よけいな気をまわさなくていい。ニーグリーとディクソンとオドンネルが問いを携えて出かければ、答を携えて帰ってくる。どんな問題であろうとも、どんな手段を使っても、必ず。アトランタに送りこめば、コカ・コーラのレシピを携えて帰ってくるだろう。

ニーグリーが訊いた。「つぎはどうする?」

「まずは保安官補たちと話す」リーチャーは言った。「特に、ラスヴェガスに出向いたかどうかを確認したい」

「サンチェスとオロスコのオフィスに? ディクソンが訪れたばかりよ。荒らされてはいなかった」

「ディクソンはふたりの自宅まで見にいっていない」

ディクソンは三十分後に戻った。そして言った。「撃たれなかったわよ」

「それはよかった」リーチャーは言った。

「まったくね」

「保安官補は何か白状したか?」

「肯定も否定もしなかった」

「顔の件は怒っているか?」

「激怒している」

「それで、どうなった?」

「保安官補はボスに連絡した。向こうはわたしたちに会いたいと望んでいる。いまから一時間後にここで」

「ボスはだれなんだ」

「カーティス・モーニーという名の男よ。ロサンゼルス郡保安官事務所の」

「よし」リーチャーは言った。「会うとしよう。その男が握っている情報を見極めよう。まぬけな憲兵隊司令官のように扱ってやろう。やらずぶったくりだ」


下のロビーで一時間待った。ストレスも、緊張も感じずに。兵役は兵士に待ち方を教える。オドンネルはソファにくつろいですわり、飛び出しナイフで爪掃除をしている。ディクソンは七枚のスプレッドシートに何度も目を通したあと、それをしまって目を閉じている。ニーグリーは壁際の椅子にひとりですわっている。リーチャーはラクエル・ウェルチの額入りの古い写真の下にすわっている。夕方にホテルの外で撮影した写真で、光も肌も金色に輝いている。写真家がマジックアワーと呼ぶ時間帯だ。つかの間の鮮やかな美。名声そのものと同じだな、と思った。

アラン・メイソンと名乗っている黒っぽい髪の四十がらみの男も待っていた。デンヴァーのダウンタウンに建つ〈ブラウン・パレス・ホテル〉の自分が泊まっている部屋で、秘密の会合を開くことになっている。いつになく緊張し、不機嫌だった。理由は三つある。第一に、部屋が薄暗く、みすぼらしい。期待はずれもいいところだ。第二に、壁際にスーツケースを置いている。ダークグレーの硬いサムソナイトの製品で、ほかの携行品と同じく、慎重に選んだ。男の裕福そうな雰囲気に合うほど高価だが、不要な注目を集めるほど派手ではない。中身は無記名債券と、研磨されたダイヤモンドと、スイスの銀行のアクセスコードで、金額にすれば大金になる。正確には六千五百万アメリカドル。これから会う相手は、賢明な人間なら、持ち運べて足がつかない資産を安心して近くに置いておける人種ではない。

第三に、昨夜は熟睡できなかった。夜気には悪臭が満ちていた。頭の中で照合したすえに、ドッグフードのにおいだと特定した。近くにその工場があって、あいにくの風向きになっているのは明らかだった。それで横になっても眠れなかったのだが、ドッグフードの材料が心配になった。言うまでもなく、肉だ。においは物理作用であり、鼻腔(びこう)の粘膜に分子が結合することで感じる。したがって、厳密に言えば、肉の小片が鼻孔にはいっていることになる。それは自分の肉体に接触している。そしてアズハリ・マフムードには、いかなる状況であってもけっして接触してはならない種類の肉がある。

バスルームに行った。その日五回目の洗顔をおこなう。鏡に映る自分を見た。顎を噛み締める。自分はアズハリ・マフムードではない。いまは。欧米人のアラン・メイソンであり、やるべき仕事がある。

〈シャトー・マーモント〉のロビーのドアから最初にはいってきたのは、痛めつけられた保安官補のトーマス・ブラントだ。額の横にはっきりしたあざがあり、金属を成形した副木が頬骨にしっかり貼りつけられているせいで、目のまわりの皮膚が引きつっている。歩くのも痛そうだ。倒されたことに対する激しい怒りが三分の一、そんな結果を許したことに対する恥が三分の一、仕事のために感情を抑えなければならないことに対する不満が三分の一といったところに見える。つづいてはいってきた年長の男が、ボスのカーティス・モーニーにちがいない。五十歳の手前に見える。背は低く、固太りで、同じような仕事をあまりにも長くつづけてきた人間にありがちな、やつれた見た目をしている。髪はつやのない黒に染めてあるが、眉の色と合っていない。古びた革のブリーフケースを携えている。モーニーは訊いた。「わたしの部下を襲ったろくでなしはどいつだ？」

「それが重要か？」リーチャーは言った。

「あってはならないことだ」

「気を悪くしないでくれ。あんたの部下に勝ち目はなかった。三対一だった。三人のうちのひとりは女だったとしても」

視線がナイフだったら失明させそうな目つきで、ニーグリーがリーチャーをにらんだ。モーニーはかぶりを振って言った。「部下の自衛能力を批判しているわけではない。ここで警官を襲うのは許せないと言っているんだ」

リーチャーは言った。「あんたの部下は管轄外にいたし、身分を明かさなかったし、怪しげな行動をしていた。みずから招いたようなものだ」

「それはともかく、なぜここにいる？」

「友人の葬式に参列するためだ」

「遺体はまだ返却していない」

「だから待つつもりだ」

「わたしの部下を襲ったのはきみか？」

リーチャーはうなずいた。「悪かった。だが、あんたたちはただ頼めばよかったんだ」

「何を？」

「われわれの協力を」

モーニーは唖然(あぜん)とした。「協力してもらうためにきみたちをここに招いたと思っているのか？」

「ちがうとでも？」

モーニーは首を横に振った。

「ちがう」と言う。「きみたちをここに招いたのは、囮(おとり)にするためだ」

32

トーマス・ブラントは不機嫌に突っ立っている。席に着いたらこの集団の一員になってしまうから、そのような意思表示をしたくないらしい。しかし、ボスのカーティス・モーニーは椅子にすわった。腰をおろし、ブリーフケースを左右の足首のあいだに押しこんで、膝に肘を突く。

「いくつかはっきりさせておこう」と言う。「われわれはロサンゼルス郡の保安官だ。田舎者でも、愚か者でも、能なしでもない。仕事が早く、頭が切れ、先を見越せ、フットワークが軽い。われわれは死体を発見してから十二時間も経たないうちに、カルヴィン・フランツの生涯を細部に至るまで調べあげた。当人が軍の精鋭部隊の存命している八人のうちのひとりであったことも。そして二十四時間も経たないうちに、その部隊の当人以外の三人も失踪していることを突き止めた。ひとりはここロサンゼルスの住人で、ふたりはラスヴェガスの住人だ。おかげできみたちがほんとうに精鋭部隊だったのか、疑問が湧いたよ。そうは思わないか？　あっという間に五〇パーセントが作戦中行方不明になったのだから」

　リーチャーは言った。「わたしなら、敵の正体を知りもしないうちに、味方の実力を判断しようとは思わないな」

「敵の正体がなんだろうと、赤軍ほど手強くなかったのは確かだ」

「われわれは一度も赤軍を相手にしていない。相手にしたのはアメリカ陸軍だ」

「それなら訊いてまわるかな」モーニーは言った。「第八一空挺部隊とやらが一度でも大勝利を収めたことがあるかどうかを」

「何者かがわれわれ八人全員を狙っているというのがあんたの見立てなのか？」

「わたしの見立てなど知らんよ。ただし、その可能性は否定できない。だから、きみたち四人をおびき出すのはどちらに転んでも有益だった。きみたちが出てこなければ、犯人にもうやられているだろうから、パズルのピースがはまる。きみたちが出てくれば、囮になるから、犯人をおびき出すのに利用できるだろう」

「犯人がわれわれ八人全員を狙っているのではなかったら？」

「それならきみたちはぶらぶらしながら葬式を待てばいい。わたしは痛くもかゆくもない」

「ラスヴェガスには行ったか？」

「いや」

「行っていないのなら、ラスヴェガスの住人ふたりが失踪したことをどうやって知った？」

「連絡をとったからだ」モーニーは言った。「われわれはネヴァダ州警察と緊密に協力していて、ネヴァダ州警察はラスヴェガス市警と緊密に協力している。きみたちの仲間のサンチェスとオロスコは三週間前に失踪し、ふたりの自宅はめちゃくちゃにされていた。そうやって知ったんだよ。電話で。有用なテクノロジーだ」

「フランツの事務所と同じくらいめちゃくちゃにされていたのか？」

「手口は似ていた」

「犯人は何かを見落としたか？」

「なぜ見落とす？」

「人は何かを見落とすものだからだ」

「フランツの事務所で犯人は何かを見落としたのか？　われわれもそれを見落としたのか？」

先ほどリーチャーは、〝まぬけな憲兵隊司令官のように扱ってやろう。やらずぶったくりだ〟と言った。しかし、モーニーはどこのまぬけな憲兵隊司令官よりも有能だ。それはまちがいない。とても優秀な警察官のように思える。無能ではない。それでも、利用できるかもしれない。だからうなずいて言った。「フランツは安全のため、コンピュータのファイルを自分宛に郵送することを繰り返していた。犯人はそれを見落とした。あんたたちも見落とした。われわれが手に入れた」

「私書箱から？」

リーチャーはうなずいた。

「それは連邦犯罪だ」モーニーは言った。「令状を発付してもらうべきだったな」

「発付してもらえない」リーチャーは言った。「わたしは退役している」

「だったら手を引くべきだったな」

「逮捕したらどうだ」

「それはできない」モーニーは言った。「わたしは連邦捜査官ではない」

「ラスヴェガスで犯人は何を見落とした？」

「情報交換したいのか？」

リーチャーはうなずいた。「ただし、そちらが先だ」

「いいだろう」モーニーは言った。「ラスヴェガスで犯人は書きこみのあるナプキンを見落とした。中華料理のデリバリーに付いてくるような紙ナプキンだ。まるめられ、油で汚れていて、サンチェスのキッチンのごみ箱にはいっていた。おそらく食事中に電話が鳴ったのだろう。サンチェスは自分用にメモを走り書きし、あとでそれを未発見の手帳やファイルに書き写した。ナプキンはもう要らなくなったから、ごみ箱に捨てた」

「それが何かの手がかりになるとどうしてわかる？」

「わからない」モーニーは言った。「だが、タイミングがそう示唆している。サンチェスのラスヴェガスにおけるほぼ最後の行動が、その中華料理のデリバリーの注文だと思われるからだ」

「メモにはなんと書いてあった？」

モーニーは身をかがめて古びたブリーフケースを膝の上に引きあげ、留め金をはずした。蓋をあける。カラーコピーした紙がはさまれたクリアファイルを出した。紙はナプキンがスキャナー面を覆えなかった端の部分が黒ずんでいる。皺と油の染みとざらついた表面が写っている。見覚えのあるジョージ・サンチェスの筆跡で記された短い走り書きも――〝650 at $100k per.〟。青いサインペンで書いた、太く、自信ありげで、右に傾いた文字が、漂白していないベージュ色の紙を背にして鮮やかに浮かびあがっている。
650 at $100k per.
モーニーは尋ねた。「これは何を意味する？」

リーチャーは「さあ、わからないな」と言った。文字列を見つめる。ディクソンもそうしているのが気配でわかる。〝k〟は略号で、〝千〟を意味する。サンチェスの世代のアメリカ陸軍の人間にはかなり一般的だ。数学や工学の学部を出ていたり、距離の単位がマイルではなくキロメートルである外国に長く配属されていたりすれば知っている。一キロメートルは一クリックとも呼ばれ、千メートルに等しく、一マイルの約六〇パーセントにあたる。したがって、〝$100k〟とは〝十万ドル〟を意味する。〝per〟はラテン語の広く知られている前置詞で、〝ひとつあたり〟を意味する。たとえば、〝miles per gallon〟は一ガロンあたりの道のりで、燃費を表し、〝miles per hour〟は一時間あたりの道のりで、時速を表す。

「付け値だと思う」モーニーは言った。「ひとつあたり十万ドルで、何かを六百五十個買うというような」

「市況報告とも考えられる」オドンネルが言った。「ひとつあたり十万ドルで、何かが六百五十個売れたというような。合計額は六千五百万ドルになる。かなり大きな取引だ。人が殺される理由になるのは確かだな」

「六十五セントのために人が殺されることだってある」モーニーは言った。「何百万ドルもの金がからんでいるとはかぎらない」

カーラ・ディクソンは沈黙している。動かず、しゃべらず、集中している。六百五十という数字に関して、自分の気づいていない何かに気づいたのだとリーチャーは悟った。それが何かはわからない。興味深い数字ではない。

650 at $100k per.
「何も閃かないか？」モーニーは訊いた。

だれも何も言わない。

モーニーは言った。「フランツの私書箱から何を手に入れた？」

「ＵＳＢメモリーだ」リーチャーは言った。「コンピュータの」

「何が保存されていた？」

「わからない。パスワードを突き止められずにいる」

「こちらでやってみよう」モーニーは言った。「科学捜査のラボがある」

「それはどうかな。パスワードはあと一回しか試せない」

「実際のところ、きみたちに選択肢はない。証拠なのだからわれわれのものだ」

「情報は共有してくれるか？」

モーニーはうなずいた。「この件でわれわれは共有関係にあるようだからな」

「わかった」リーチャーは言った。ニーグリーにうなずきかける。ニーグリーはトートバッグに手を入れ、樹脂製のキャップをはめた銀色の細長い物体を出した。下手投げでほうる。リーチャーは受けとってモーニーに渡した。

「がんばってくれ」と言う。

「何か助言は？」モーニーは訊いた。

「数字のはずだ」リーチャーは言った。「フランツは数字派だった」

「わかった」

「わかっているだろうが、使われたのは飛行機ではないぞ」

「わかっている」モーニーは言った。「あれはきみたちの興味を引くための素人じみたたわごとだ。使われたのはヘリコプターだろう。死体の発見場所が航続距離に収まる民間のヘリコプターがどれくらいあるか知っているか？」

「いや」

「九千機以上だ」

「スワンの職場は調べたか？」

「スワンは解雇されていた。職場はなかった」

「自宅は調べたか？」

「窓越しに」モーニーは言った。「荒らされてはいなかった」

「バスルームの窓越しに？」

「そこは石目ガラスだった」

「最後にもうひとつだけ訊かせてくれ」リーチャーは言った。「あんたたちはスワンの状況を調べ、ネヴァダ州警察をサンチェスとオロスコのもとに送りこんだ。なぜほかの面々を調べるために、ワシントンＤＣやニューヨークやイリノイ州に連絡しなかった?」

「そのころには手がかりを得て、そちらに対処していたからだ」

「手がかりというと?」

「四人全員の映像があった。フランツと、スワンと、サンチェスと、オロスコの。四人全員がいっしょに映っていた。フランツが外出したまま帰ってこなかった日の前夜の、防犯カメラの映像だよ」

33

カーティス・モーニーは問いただされるのを待たなかった。ふたたびブリーフケースの蓋をあけ、別のクリアファイルを取り出した。白黒の防犯カメラの映像を切りとった静止画像のコピーがはさまっている。店のカウンターらしきものの前に、四人の男が並んでいる。上下逆だし、距離があるから、リーチャーは細部まで見分けられなかった。

モーニーは言った。「フランツの寝室のクローゼットにあった靴箱に古いスナップ写真がはいっていたから、それと比較して身元を特定した」印刷された画像を右手のニーグリーに渡す。ニーグリーは少しのあいだ画像を見つめたが、光沢のある樹脂に反射した光が映りこんだ以外、顔に変化はない。ニーグリーは反時計まわりにディクソンに渡した。ディクソンは十秒ものあいだ画像を見つめてから、一度瞬きをしてオドンネルに渡した。オドンネルは受けとって眺め、かぶりを振りながらリーチャーに渡した。

静止画像の左端にマニュエル・オロスコがいて、自分の右側に目をやり、いつもの落ち着きのない様子がカメラに収められている。その隣がカルヴィン・フランツで、両手をポケットに突っこみ、忍耐の表情を浮かべている。その隣の中央手前がトニー・スワンで、正面を見つめている。右端にジョージ・サンチェスがいて、シャツのボタンを上まで留め、ネクタイは締めず、指を曲げて襟の下に差しこんでいる。このしぐさは知っている。千回は見たことがある。十時間ほど前に剃ったひげが喉のあたりにまた伸びてきて、苛々しはじめているときのサンチェスのしぐさだ。画像の右下に時刻の表示がなくても、夕方に撮影された画像だとわかる。

四人とも少し老けて見える。オロスコのこめかみには白いものが交じり、皺が寄った目は疲れている。フランツは少し痩せたかもしれない。肩の筋肉がいくらか落ちている。スワンは相変わらず横幅があり、胸は樽(たる)並みで、腹は昔よりせり出しているくらいだ。髪は短く、生え際が一センチほど後退している。サンチェスはしかめ面をするせいで法令線が刻みこまれている。

老けたとはいえ、少し思慮深くなったようにも見える。画像から才能と経験と能力が充分にうかがえる。最近改めて結ばれた心安まる友情と、互いに対する信頼の絆(きずな)がいまでもにじみ出ている。四人のタフガイ。リーチャーに言わせるなら、世界最高の八人のうちの四人だ。

だれが、あるいは何が、この四人を打ち負かしたのか。

四人の背後には、見覚えのある通路がカメラから遠ざかる方向へ延びている。

「これはどこだ？」リーチャーは尋ねた。

モーニーは言った。「カルヴァーシティの薬局だ。フランツの事務所の近くの。カウンターの後ろにいる男が四人を覚えていた。スワンがアスピリンを買っていたそうだ」

「スワンらしくない」

「飼い犬用だ。腰の関節炎を患っているらしい。それで一日にアスピリンを四分の一錠与えていた。薬剤師が言うには、犬ではごくありふれた治療法らしい。特に大型犬では」

「アスピリンを何錠買った？」

「徳用のボトルだった。ジェネリックの九十六錠入りだ」

ディクソンが言った。「一日に四分の一錠なら、一年と十九日ぶんになる」

リーチャーは画像をふたたび見つめた。四人とも楽な姿勢で、差し迫った雰囲気はなく、時間が充分にあり、日常の買い物をしている。ペットのために、一年以上はもたせるつもりで常備薬を買っている。

何かが迫っているか、四人はまったく気づいていない。

だれが、あるいは何が、この四人を打ち負かしたのか。

「この画像はもらってもかまわないか？」と訊いた。

「なぜ？」モーニーは言った。「何か気になるものでも写っていたか？」

「旧友が四人写っている」

モーニーはうなずいた。「差しあげよう。どうせコピーだ」

「これからどうする？」

「ここから動くな」モーニーは言った。ブリーフケースの蓋を閉じて留め金を掛ける音が静寂に大きく響く。「行方をくらましたりせず、だれかが嗅ぎまわっているのに気づいたら連絡しろ。これ以上の勝手な行動は控えてもらおう。いいな？」

「われわれは葬式に参列するために来ただけだ」リーチャーは言った。

「だとしても、だれの葬式に？」

それには返事をしなかった。無言で立ちあがり、向きを変えて、ラクエル・ウェルチの写真をまた見つめた。額のガラスが鏡代わりになり、背後で椅子から身を起こすモーニーと、それに合わせて立ちあがるほかの面々が映っている。すわっていた人が立ちあがると体が前に行くから、すわっていた集団が立ちあがれば間隔がいったん縮まる。そのため、つぎの行動はいっせいにあとずさり、向きを変え、散らばり、輪を広げ、間隔を空けることになる。真っ先に、だれよりもすばやく動いたのは、もちろんニーグリーだ。モーニーはドアのほうを向き、椅子のあいだの狭い空間を縫うように進もうとしている。オドンネルはそれとは逆方向の、ロビーの奥へ歩いている。小柄で、器用で、敏捷なディクソンも、コーヒーテーブルをよけながら逆方向へ歩いている。

しかし、トーマス・ブラントも逆方向へ進んでいる。

ロビーの奥へと。

リーチャーはラクエルの手前のガラスに視線を向けつづけた。ブラントの茶色がかった鏡像を見つめる。このあとの展開は即座にわかった。ブラントは左手でこちらの右肩を軽く叩くだろう。リーチャーがいぶかしげに振り返ろうとしたとたん、顔面に強烈な右ストレートを叩きこむつもりで。

ブラントが近づく。リーチャーはラクエルが着ているビキニのトップスの左右をつなぐ金の輪に視線を固定した。ブラントの左手が前に出され、右手が後ろにさがる。左手の人差し指が伸び、右手がソフトボール大のこぶしを作る。悪くはない手口だが、たいしてよくはない。ブラントの足の位置が完璧ではないのが感じとれる。荒くれ者であっても、強者ではないということだ。これでは威力が半減する。

ブラントが肩を軽く叩いた。

予想どおりだったから、リーチャーはふつうよりもずっとすばやく振り返り、迫り来る右ストレートを顔の三十センチ手前で左の手のひらを使って受け止めた。内野でライナーを素手で捕球するように。重いパンチだ。体重がかなり乗っている。大きな音が鳴った。手のひらから腱にまで痛みが伝わる。

あとは超人的な自制心で決まる。

リーチャーの動物的本能と筋肉の記憶のすべてが、ブラントの痛めた鼻に頭突きを入れろと命じている。考えるまでもない。アドレナリンを活用する。上半身を勢いよく前に倒し、スナップを利かせて、額をめりこませる。五歳で習得した動きだ。その後の人生で体がほとんど勝手にやっていた反応だ。

だが、リーチャーはこらえた。

ブラントのこぶしを握ったまま、動かずに立っていた。ブラントの目をのぞきこみ、息を吐き、かぶりを振った。

「わたしは一度謝った」と言う。「いま、もう一度謝ろう。それでも気が済まないのなら、この件がすべて片づくまで待て。いいな？　わたしはしばらくこのあたりに残る。あんたは仲間をふたり連れてきて、三対一でわたしを不意打ちすればいい。それなら公平だろう？」

「ほんとうにそうするかもしれないぞ」ブラントは言った。

「そうすればいい。だが、仲間は慎重に選ぶことだ。半年も入院するわけにはいかない者を選ぶな」

「タフガイ気どりか」

「この場で副木を着けているのはわたしではない」

カーティス・モーニーがやってきて言った。「喧嘩は許さん。いまも、これからも」ブラントの襟首をつかんで引き離す。リーチャーはふたりが外に出るまで待ってから、顔をしかめて左手を大きく振った。「くそ、痛めた」

「氷で冷やして」ニーグリーが言った。

「冷えたビールでも握っていればいい」オドンネルが言った。

「頭を切り替えましょう。六百五十という数字について話したいことがある」ディクソンが言った。

34

四人はディクソンの部屋に行った。ディクソンは七枚のスプレッドシートをベッドの上に整然と並べた。「よし、ここには連続する七つの月がある。成績評価のようなものがおこなわれている。わかりやすくするため、当たりとはずれとするわね。第一の月から第三の月まではかなり好調よ。当たりがたくさんあり、はずれはたいしてない。平均成功率は約九〇パーセント。正確には、八九・四パーセントよりわずかに高い。正確な数字がお望みよね」

「つづけてくれ」オドンネルが言った。

「ところが、第四の月に急激に悪化している」

「それはもうわかっている」ニーグリーが言った。

「話を進めやすくするために、第一の月から第三の月までを基準としましょう。この間の当たりはおおむね九〇パーセント。有能よね。ここで、これくらいの成績をずっと維持してもおかしくなかった、あるいは維持するはずだったと考えてみる」

なる？」
「だが、維持しなかった」オドンネルが言った。
「そのとおり。維持してもおかしくなかったのに、維持しなかった。その結果はどう
なる？」
　ニーグリーが言った。「前よりあとのほうがはずれが増える」
「どれくらい増える？」
「わからない」
「わたしはわかる」ディクソンは言った。「合計すると、第四の月から第七の月まで
も基準の成功率を維持していたら、はずれをちょうど六百五十回減らせていたはずな
のよ」
「ほんとうに？」
「ほんとうよ」ディクソンは言った。「数字は嘘をつかないし、百分率も数字だか
ら。第三の月の終わりに何かが起こり、その結果、避けられたはずの将来の失敗が六
百五十回増えた」
　リーチャーはうなずいた。合計で百八十三日間、出来事は二千百九十七回、成功は
千三百十四回、失敗は八百八十三回。だが、その分布には著しい偏りがある。第一の
月から第三の月までは、出来事は八百九十七回、成功は八百二回、失敗は九十五回。
第四の月から第七の月までは、出来事は千三百回、成功は五百十二回という残念な数

字で、失敗は七百八十八回という悲惨な数字になっている。この失敗のうち六百五十回は、何かが変わらなければ発生しなかった。

「これが何を示しているのか、わかればいいんだが」と言う。

「サボタージュだ」オドンネルが言った。「何者かが金をもらって何かを台無しにした」

「一回あたり十万ドルで？」ニーグリーが言った。「繰り返し六百五十回も？　そんな仕事があったらずいぶん儲かるわね」

「サボタージュだとは考えられない」リーチャーは言った。「十万ドルもあれば工場だろうとオフィスだろうとまるごとたやすく焼き払える。おそらく町ひとつでもまるごと。毎回金を払う必要はない」

「それならなんなの？」

「わからない」

「でも、これでつながった」ディクソンは言った。「そうでしょう？　フランツが知っていたことと、サンチェスが知っていたこととのあいだには、明らかな数学的関係がある」

一分後、リーチャーは窓際に行って外を眺めた。そして訊いた。「サンチェスが知っていたことはすべてオロスコも知っていたと考えるのが妥当か？」

「完全に妥当だ」オドンネルが言った。「そしてまちがいなく、逆もまた然（しか）り。ふたりは友人だった。力を合わせて働いていた。しょっちゅう話をしていたにちがいない」

「ということは、手がかりがひとつもないのは、スワンが何を知っていたかだな。ほかの三人についてはわずかながらも情報を得られた。スワンについては何も得られていない」

「自宅は手つかずだった。何も見つからなかった」

「職場もそうだ」

「スワンに職場はなかった。クビにされて」

「だが、それはつい最近のことだ。だから職場の席は空いたままだろう。あの会社は従業員を解雇するばかりで、採用はしていない。だからスペースには余裕がある。スワンの席はそのまま保存されている。机の上にはスワンのコンピュータがいまも載っている。机の抽斗にはメモのたぐいがはいっているかもしれない」

ニーグリーが言った。「またあの女傑に会いにいくつもり？」

「そうするしかないと思う」

「あんなに遠くまで車を走らせる前に、連絡を入れるべきよ」

「いきなり訪ねるほうがいい」

「おれもスワンの職場を見てみたいな」オドンネルが言った。

「わたしも」ディクソンが言った。

ディクソンが運転した。本人のレンタカーなのだから、本人の責任だ。サンセット・ブールヴァードを東へ進み、一〇一号線をめざした。その後はニーグリーが案内した。複雑な道順だ。車の流れも悪い。しかし、ハリウッドを抜ける道中は絵のように美しかった。ディクソンも楽しんでいる様子だ。ロサンゼルスが好きだから。

紺のスーツを着た男が紺のクライスラーで四人をずっと尾行していた。一〇一号線の手前の、ＫＴＬＡのスタジオの近くで電話をかけた。そしてボスに伝えた。「連中は東へ向かっています。車に四人とも乗って」

ボスは言った。「こちらはまだコロラド州にいる。しっかり見張れ。頼んだぞ」

35

ディクソンはハンドルを切ってニューエイジのあけ放たれた門の先へ車を進め、ニーグリーが使ったのと同じ来客用駐車場に停めた。立方体の形をした光り輝くオフィスビルに正面を向けて。駐車場は半分空のままだ。蒸し暑い空気の中に立つ装飾用の木々は揺れていない。同じ受付係が勤務している。同じポロシャツ、同じ鈍い反応。ドアが開く音は聞こえたはずなのに、リーチャーがカウンターに手を置くまで顔もあげない。

「ご用件は？」女は言った。

「もう一度ミズ・ベレンソンに会いたい」リーチャーは言った。「人事部の」

「手が空いているか確認いたします」受付係は言った。「お掛けになってお待ちください」

オドンネルとニーグリーは腰をおろしたが、ディクソンとリーチャーは立ったままでいた。ディクソンは気が昂ぶっていて、きょうはこれ以上椅子にすわってはいられないようだ。リーチャーはというと、ニーグリーの隣にすわったら距離が近すぎるし、別のところにすわったらいぶかしがられると思ったから、立ちつづけた。

やはり四分ほど待たされてから、ベレンソンのハイヒールがスレートを打つ足音が聞こえてきた。本人が廊下から角をまわって現れ、そのまま進んでくる。感謝のしるしに受付係にうなずきかけると、その横を抜けてこちら側に出た。二種類の笑みを使い分けている。ひとつは初対面ではないリーチャーとニーグリーに向けたもので、もうひとつは初対面のオドンネルとディクソンに向けたものだ。それから四人全員と握手を交わした。化粧の下にはやはり傷跡があり、息にはやはり清涼感がある。ベレンソンはアルミニウム製のドアをあけると、その脇に立って、四人全員を会議室に通した。

この部屋に五人では椅子が一脚足りないので、ベレンソンは窓際に立った。礼儀にかなっているが、同時に心理的に威圧している。来客はベレンソンを見あげることになるし、背後から差す光のせいで目を細めることになる。ベレンソンは「きょうはなんのご用でしょうか」と言った。声に少し恩着せがましい響きがある。少し苛立っている響きも。〝きょうは〟をわずかに強調している。

「トニー・スワンが行方不明になっている」リーチャーは言った。

「行方不明？」

「見つからないということだ」

「理解しかねるのですが」

「呑みこみにくい概念でもないが」

「でも、どこに行ってもおかしくないでしょう。州外で新しい仕事に就いているのかもしれません。それか、長いあいだとれなかった休暇をとっているのかもしれません。前から行きたかった場所に行っているのかもしれません。ミスター・スワンのような状況にある人は、そういうことをするものです。どれほど暗い雲であっても合間には光明が差していると言いますし」

オドンネルが言った。「飼い犬が家に閉じこめられたまま、水が飲めなくて死んだ。光明は差していない。一面の暗い雲だけだ。スワンは本人の意思ではどこにも行っていない」

「飼い犬が？　なんてひどい」

「その点は同意するわね」ディクソンが言った。

「名前はメイジー」ニーグリーが言った。

「お役に立てるとは思えません」ベレンソンは言った。「ミスター・スワンがここを辞めたのは三週間以上前です。警察に相談されては？」

「警察はこの件を調べている」リーチャーは言った。「われわれもこの件を調べている」

「お役に立てるとは思えません」

「スワンの机を見たい。コンピュータも。日誌も。メモが残っているかもしれない。あるいは情報が。あるいは面会の約束が」

「なんについてのメモでしょうか」

「スワンが行方不明になった理由についての」

「ミスター・スワンが行方不明になったのは、ニューエイジが理由ではありません」

「そうかもしれない。しかし、勤務時間内でも私用を手がけるのが人のつねだ。本業以外の生活についてのメモを書き留めるのも人のつねだ」

「ここでは考えられません」

「なぜ？　ずっと仕事しかしないのか？」

「ここにメモはありません。紙がいっさいありませんから。ペンや鉛筆も。保安対策の基本です。ここは完全にペーパーレスの環境なのです。そのほうがずっと安全ですから。就業規則にもなっています。違反しようと思っただけでも解雇されます。すべてはコンピュータ上でおこなわれています。安全なファイアウォールを備えた社内ネットワークを構築し、無作為に選んだデータを自動的に監視しています」

「それならスワンのコンピュータを見せてもらえる？」ニーグリーが訊いた。

「見せることならできるでしょう」ベレンソンは言った。「でも、なんの役にも立たないはずです。だれかが退職したら、三十分以内にその人物のデスクトップパソコンのハードドライブははずされ、破壊されます。砕かれるのです。物理的に。ハンマーで。これも保安上の規則です」

「ハンマーで？」リーチャーは言った。

「確実な方法はそれしかありませんから。ほかの方法だと、データを復旧できる可能性があります」

「つまり、スワンにつながるものは何も残っていないのか？」

「申しわけありませんが、いっさい残っていません」

「ここはずいぶんと厳格な規則を設けているんだな」

「お気持ちはわかります。ミスター・スワン本人が立案したんですよ。勤めはじめた最初の週に。最初の大きな貢献でした」

「スワンに話し相手はいた？」ディクソンが尋ねた。「冷水機のまわりで井戸端会議をするような仲間は？　心配事を話しそうな相手はいた？」

「個人的な問題を？」ベレンソンは言った。「いなかったと思います。それには不向きな立場でしたから。ミスター・スワンはここでは警察官の役割を演じなければなりませんでした。効果を出すためには、少し近寄りがたい雰囲気を保たなければならなかったのです」

「スワンのボスはどうだ」オドンネルが言った。「互いの心配事を話していたかもしれない。仕事では運命共同体だったんだから」

「尋ねておきます」ベレンソンは言った。

「ボスの名前は？」

「それは申しあげられません」

「とても慎重なんだな」

「ミスター・スワンがそう要求しましたので」

「ボスに会えるか？」

「いまは出張中でして」

「それなら、だれが店番をしている？」

「ある意味ではミスター・スワンですね。ミスター・スワンが導入した手順がいまでも実行されているので」

「スワンはあんたと話したか？」

「個人的な事柄を？　いいえ、全然話しませんでした」

「解雇された週、スワンは動揺していたり心配していたりしたか？」

「そういう様子は見受けられませんでした」

「スワンは電話を何本もかけていたか？」

「かけていたでしょうね。わたしたちはみなそうですので」

「あんたはスワンの身に何があったと思う？」

「わたしですか？」ベレンソンは言った。「まったく見当がつきません。ミスター・スワンの車に歩み寄って、景気がよくなったら電話するので、ぜひ復帰をとお伝えしたら、ミスター・スワンは楽しみにしていると答えました。それが本人の姿を見た最後です」


四人はディクソンの車に戻り、バックでミラーガラスから離れた。リーチャーはしだいに小さくなっていくフォードの鏡像を見つめた。

ニーグリーが言った。「むだ足だった。だから前もって連絡を入れるべきだと言ったのに」

ディクソンが言った。「スワンが勤務していた場所は見ておきたかった」

オドンネルが言った。「勤務という語は適切じゃない。この会社はスワンを利用していただけだ。一年だけスワンの知恵を借りて、追い出した。スワンに仕事を与えていたのではなく、アイディアを金で買っていたにすぎない」

「確かにそんなふうに思える」ニーグリーが言った。

「ここでは何も作っていない。ビルの警備がなっていない」

「それは明らかかね。どこかに別の拠点があるにちがいない。遠く離れた製造工場が」

「だとしたら、なぜUPSはその所番地を把握していない？」

「極秘なのかもしれない。そこでは郵便物を受けとらないのかもしれない」

「何を作っているのか知りたいな」

「どうして？」ディクソンが訊いた。

「ただ知りたいだけさ。知っていることが多いほど、幸運をつかみやすくなるものだ」

リーチャーは言った。「それなら突き止めよう」

「だれに訊けばいいのかわからない」

「わたしはわかる」ニーグリーが言った。「ペンタゴンの調達部門に知人がいる」

リーチャーは言った。「連絡しろ」


デンヴァーのホテルの部屋では、アラン・メイソンと名乗っている黒っぽい髪の四十がらみの男が、会合を終えようとしていた。取引相手は時間どおりに現れ、ボディガードをひとりだけともなっていた。メイソンはその事実のどちらも好材料と受けとった。仕事では時間厳守が大切だと思っている。人数比が二対一にすぎないのも恵まれていた。取引の際、こちらはひとりきりなのに、あちらは六人あるいは十人もいるという場合も多いからだ。

つまり、幸先はよかった。その後もかなり順調だった。引き渡しが遅れる、数量が減るといった不都合についての苦しい言いわけはなかった。囮商法でもなかった。再交渉の試みもなかった。価格の釣りあげもなかった。事前に話し合ったとおり、一個あたり十万ドルで六百五十個売り渡してもらえることになった。

メイソンがスーツケースをあけると、取引相手は中にはいっている代金を合計するという長い作業にとりかかった。スイスの銀行の口座残高と、無記名債券については議論の余地がない。そこに記されている金額は信用できる。ダイヤモンドはもっと主観に左右される。もちろん、カラットという重さは確定だが、研磨と透明度で価格は大きく変わる。実際のところ、メイソンの仲間は価格を安く見積もり、駆け引きができる余地を残しておいた。取引相手はすみやかに理解した。文句なしだと断言し、スーツケースの中身は確かに六千五百万ドルの価値があると同意した。

その瞬間、スーツケースは取引相手のものになった。

それと交換で、メイソンは鍵と一枚の紙を受けとった。

鍵は小さく、古く、傷があり、使いこまれていて、地味で、ラベルのたぐいは貼られていない。金物屋が客を待たせながら作りそうな品だ。ロサンゼルスのドックに置かれた輸送コンテナを施錠している南京錠(ナンキンじょう)の鍵だと教えられた。紙は船荷証券で、輸送コンテナの中身は六百五十台のＤＶＤプレイヤーだと記載されている。

取引相手とボディガードが部屋から出ていくと、メイソンはバスルームに行き、パスポートに火をつけて便器の中に入れた。三十分後、アンドリュー・マクブライドがホテルを出て、空港へ逆戻りした。自分でも驚いたことに、あのジャグバンドの車内チャイムがまた聞けるのを楽しみにしていた。

フランシス・ニーグリーはディクソンの車の後部座席からシカゴに電話をかけた。そしてアシスタントに指示した。ペンタゴンの知人にＥメールを送り、自分がオフィスではなくカリフォルニアにいて、安全な電話回線を使えないこと、ニューエイジの製品について質問があることを伝えるようにと。安全でない携帯電話回線で話すより、Ｅメールで返信するほうが相手は安心できるだろうとの判断からだ。

オドンネルが言った。「自分のオフィスに安全な電話回線を引いているのか？」

「もちろん」

「すごいな。その知人は何者なんだ」

「どこにでもいるような人よ」ニーグリーは言った。「大きな貸しがあるだけ」

「頼みを聞いてくれるくらい大きな貸しなのか？」

「一生頼みを聞いてくれるくらいよ」

ディクソンは一〇一号線からサンセット・ブールヴァードにおり、ホテルのある西へ向かった。車の流れは悪い。距離は五キロもないが、ジョギングのほうが早く着くだろう。ようやくホテルに着くと、正面でクラウンヴィクトリアが待っていた。覆面パトロールカーだ。トーマス・ブラントの車ではない。こちらのほうが新しく、無傷で、色もちがう。

カーティス・モーニーの車だ。

ディクソンが駐車したとたん、モーニーは車から出てきた。こちらに歩み寄るその姿は背が低く、固太りで、やつれ、疲れている。保安官はリーチャーの真正面で足を止め、一拍置いた。それから尋ねた。「きみの仲間に、背中にタトゥーを入れていた人物はいるか？」

穏やかな口調で。

静かに。

同情をこめて。

リーチャーは言った。「ああ、そんな」

36

マニュエル・オロスコは軍から奨学金を得て大学に四年間かよった。いずれは戦闘部隊の歩兵の将校になるのだろうと決めてかかった。オロスコの幼い妹は激しく取り乱し、妄想にとらわれた。いずれは兄が戦死し、顔面が見分けのつかないほど傷ついて、遺体が回収されても身元を確認できないだろうと決めてかかった。兄の運命を知らずに終わってしまう。オロスコは認識票のことを教えた。吹き飛ばされたりしてなくなるかもしれないと妹は言った。オロスコは指紋のことを教えた。手足を失うかもしれないと妹は言った。オロスコは歯型による身元確認のことを教えた。顎全体が粉々に砕けるかもしれないと妹は言った。のちにはオロスコも妹の不安がもっと根深かったことを悟るが、そのときは妹の恐怖を解消するには大きなタトゥーを上背部に入れればいいと考えた。大きな黒い字で〝Orozco, M.〟と彫り、その下に同じくらい大きな字で認識番号を彫ればいいと。家に帰り、得意げにシャツを脱いだオロスコは、妹がいっそう激しく泣いたのでとまどうことになった。

　結局、オロスコは歩兵にはならず、第一一〇憲兵隊で重要な役割を果たした。リーチャーはすぐさまキットバッグというあだ名を授けた。オリーブ色の広い背中が、名前と認識番号を刷り出した軍支給のダッフルバッグに似ていたからだ。それから十五年後、陽が照りつける〈シャトー・マーモント〉の駐車場で、リーチャーは言った。

「死体が新たに見つかったんだな」

「残念ながら、そのとおりだ」モーニーは言った。

「場所は？」

「同じ地区だ。岩溝（ガリー）にあった」

「ヘリコプターか？」

「おそらく」

「オロスコだな」リーチャーは言った。

「背中にその名前が記されていた」モーニーは言った。

「だったらなぜ訊く？」

「念を入れる必要があるからだ」

「すべての死体がそれくらい身元を確認しやすいといいのにな」

「最近親者はだれになる？」

「どこかに妹がいたはずだ」

「それなら、きみに正式な身元確認を頼みたい。きみさえよければ。妹に見せていいものではない」

「死体はどれくらい前からその岩溝にあった？」

「かなり前からだ」


四人がふたたび車に乗りこむと、ディクソンはモーニーに先導されてグレンデールの北にある郡の施設へ車を走らせた。だれも何も言わない。リーチャーは後部座席でオドンネルの隣にすわり、オドンネルがきっとやっていることを自分もやっていた。すなわち、つぎつぎに浮かんでくるオロスコと過ごした記憶を回想していた。オロスコはおどけ者であり、本人はそれを半ばは意図し、半ばは意図していなかった。メキシコ系で、テキサス生まれのニューメキシコ育ちだったが、何年も白人のオーストラリア人のふりをしていた。オーストラリア人がよく使う呼びかけである〝きみ（メイト）〟をだれに対しても使った。将校としての指揮能力は一流だったが、自分からはあまり命令をくださなかった。下級士官や兵卒の意見がまとまるまで待ってから、〝手数をかけるが、メイト、よろしく頼む〟と言うのがつねだった。その台詞は部隊のうたい文句になり、〝けっして喧嘩を売ってはならない〟並みにしょっちゅう使われた。

〝コーヒーは？〟。

〝手数をかけるが、メイト、よろしく頼む〟。
〝煙草(たばこ)は？〟。
〝手数をかけるが、メイト、よろしく頼む〟。
〝このくそったれを撃ち殺してやろうか？〟。
〝手数をかけるが、メイト、よろしく頼む〟。
オドンネルが言った。「織りこみ済みだ。驚くほどじゃない」
だれも答えなかった。

郡の施設は真新しい医療センターで、広くて新しい通りの一方の側に病院が建っている。もう一方の側には、自前の死体安置所を持たない郡区のための、最新式の死体収容所がある。立方体の形をした白いコンクリートのビルで、一階部分は支柱で浮かせてある。死体運搬車がビルの下をくぐって、隠されたエレベーターのドアへ進めるようになっている。簡素で、清潔で、配慮がされている。カリフォルニアらしい。モーニーは木々の近くにあった来客用駐車場に車を停めた。ディクソンはその真横に停めた。みな車をおり、しばらくは立ったまま、伸びをしたり、まわりを見たり、無為に過ごしたりした。
だれもこんなところは訪れたくなかったからだ。

モーニーが先頭に立った。白線が網目状に引かれた歩道の先に乗用エレベーターがある。モーニーが呼び出しボタンを押すと、エレベーターのドアが開き、化学薬品のにおいがする冷気が流れ出た。モーニーはエレベーターに乗りこみ、リーチャー、オドンネル、ディクソン、ニーグリーの順でつづいた。

モーニーは四階のボタンを押した。

四階は食肉倉庫並みに寒い。陰気な見学区画があり、幅の広い室内窓の内側にブラインドが掛けられている。モーニーはそこを素通りして、保管区画に通じるドアを抜けた。三方の壁に、保冷庫の抽斗の前板が並んでいる。何十とある。空気は肌を刺すように冷たく、異臭がきつく、ステンレス鋼に反射する光が煩わしい。モーニーは抽斗のひとつを引いた。ボールベアリングを使ったレールのおかげで軽々と出てくる。端まで。そしてゴム製のストッパーに当たって止まった。

中には冷やされた死体が一体ある。男性、ヒスパニック系。手首と足首を毛羽だった撚り紐で縛られ、それが皮膚に深く食いこんでいる。腕は背中側にまわされている。頭と肩は無残に損傷している。人間の原形をとどめないほどに。

「頭から落ちた」リーチャーは静かに言った。「こんなふうに縛られていたら、そうなるだろう。ヘリコプターが使われたという仮説が正しかったらの話だが」

「出入りする足跡はなかった」モーニーは言った。

それ以上の医学的な詳細は判断しにくい。腐敗はかなり進んでいるが、砂漠の暑熱と乾燥のために、ミイラ化している状態に近い。体は縮み、小さくなり、しぼみ、革のようになっている。中空のように見える。動物によって傷つけられているが、さほどひどくはない。岩溝の壁に激突したせいで、もうよほど傷ついている。

モーニーが尋ねた。「だれなのかわかるか？」

「むずかしいな」リーチャーは言った。

「タトゥーを見てくれ」

リーチャーは立ち尽くした。

モーニーは言った。「用務員を呼ぼうか？」

リーチャーは首を横に振り、死体の冷えきった肩の下に片手を差しこんだ。持ちあげる。丸太や切り株のように、硬直した体がまるごとぎこちなく回転する。うつ伏せにすると、縛られた腕が上にねじ曲げられているのがわかった。最期の瞬間まで、自由を求めて必死に抵抗していたかのように。

実際、そのとおりだったのはまちがいない。

皮膚のしなやかさが失われ、上腕から無理な力が伝わったために、タトゥーには皺やひだが少しできている。

時が経ったために、少し色褪せている。

それでも、見まがいようがない。

〝Orozco, M.〟と記されている。

その下には九桁の認識番号がある。

「オロスコだ」リーチャーは言った。「マニュエル・オロスコだ」

モーニーは言った。「とても残念だ」

しばらくのあいだ、沈黙が流れた。アルミニウム製の通気口から冷気が吹きこむ音しか聞こえない。リーチャーは尋ねた。「いまもその地区の捜索はおこなっているのか？」

「ほかのふたりを捜して？」モーニーは言った。「力を入れてはいない。子供が行方不明になったわけではないからな」

「ここにフランツもいるのか？　そのいまいましい抽斗のどれかの中に？」

「見たいのか？」モーニーは訊いた。

「いや」リーチャーは言った。それからオロスコに視線を戻して訊いた。「検死はいつおこなわれる？」

「じきに」

「この紐は手がかりになりそうか？」

「どこにでもあるような品だろう」

「死亡推定時刻は？」

モーニーは警察官同士らしいかすかな笑みを浮かべた。「地面に激突したときだな」

「それはいつだ」

「三、四週間前だ。フランツより前だと思う。だが、断定はできないかもしれない」

「われわれが断定する」リーチャーは言った。

「どうやって？」モーニーは訊いた。

「犯人に訊く。犯人は答えるだろう。そのときには、答えるから許してくれと懇願しているだろう」

「勝手な行動は控えろ。いいな？」

「それは無理な注文だな」


モーニーは書類仕事を片づけるために残り、リーチャーとニーグリーとディクソンとオドンネルはエレベーターで下に戻って、暖かい日光のもとに出た。何も言わずに駐車場に立つ。何もせずに。抑えこんだ憤怒にわななき、震え、引きつるばかりで。兵士が死を覚悟するのは当然のことだ。兵士は死とともに生き、死を受け入れる。死を待ち受ける。死を望む兵士すらいる。しかし、心の奥底では死が公平であることを望んでいる。自分と敵の、強いほうが勝つことを。死が高潔であることを望んでいる。勝つにしろ負けるにしろ、意味のある死を遂げることを。

兵士が後ろ手に縛られて死ぬというのは最悪の侮辱だ。それは絶望、屈服、虐待を意味する。無力を意味する。

儚い希望はことごとく潰えた。

「行きましょう」ディクソンが言った。「時間をむだにはできない」

37

ホテルに戻ると、リーチャーはしばらくのあいだ、モーニーからもらった画像を手にしてすわっていた。防犯カメラの画像。薬局。カウンターの前に並んだ四人。左端にマニュエル・オロスコがいて、自分の右側に目をやり、落ち着きのない様子をしている。その隣がカルヴィン・フランツで、両手をポケットに突っこみ、忍耐の表情を浮かべている。その隣がトニー・スワンで、正面を見つめている。右端がジョージ・サンチェスで、指を曲げて襟の下に差しこんでいる。

四人の友人。

ふたりは確実に死亡している。

四人ともおそらく死亡している。

「人生に災難は付き物だ」オドンネルが言った。

リーチャーはうなずいた。「われわれは乗り越える」

「ほんとうに？」ニーグリーが言った。「今回も乗り越えられる？」

「これまではいつだって乗り越えてきた」

「これまでにこんな事態は起こっていない」

「わたしの兄だって死んだ」

「それは知っている。でも、この事態はもっとひどい」

リーチャーはふたたびうなずいた。「ああ、そのとおりだ」

「ほかの三人はどうにか無事であることを祈っていたのに」

「われわれ全員がそう祈っていた」

「でも、無事ではなかった。四人とも死んだ」

「そのようだな」

「仕事にとりかかりましょう」ディクソンが言った。「いま、わたしたちにできることはそれしかない」


四人はディクソンの部屋に行ったが、仕事らしい仕事があるわけではなかった。状況は行き詰まっている。手がかりもない。ニーグリーの部屋に移動しても、そういう思いは晴れなかった。ペンタゴンの知人からEメールで返事が来ていたのだが、〝悪いが、無理だ。ニューエイジは機密扱いになっている〟と記されていたからだ。短い文でにべもなく拒絶している。

「貸しはそこまで大きくなかったようだな」オドンネルが言った。

「大きいわよ」ニーグリーは言った。「あなたの想像以上に大きい。わたしとの関係よりもニューエイジのほうが大事だということ」

受信ボックスをスクロールする。が、そこで手を止めた。同じ人物からメッセージがもう一通届いていたからだ。名前の書き方が変わっていて、Eメールアドレスも変わっている。

「捨てアカよ」ニーグリーは言った。「使い捨てのフリーアカウントから送っている」

メッセージをクリックした。こう記されている――〝フランシス、連絡をもらえてうれしい。今度会おう。食事や映画でもどうかな。きみにヘンドリックスのCDも返さなければならないし。貸してくれてどうもありがとう。名曲ばかりだったよ。セカンドアルバムの六曲目は躍動感があってずば抜けていた。今度ワシントンに来たら連絡してくれ。なるべく早く電話をかけてくれるとうれしい〟。

リーチャーは言った。「CDを持っているのか？」

「いいえ」ニーグリーは言った。「特に、ジミ・ヘンドリックスのCDなんて持っているわけがない。好みじゃないから」

オドンネルが言った。「この男と食事や映画に行ったりしたことがあるのか？」

「一度もない」ニーグリーは言った。

「それなら、別の女とまちがえているんだろうな」

「それは考えにくい」リーチャーは言った。

「暗号よ」ニーグリーは言った。「それがこのメッセージの正体。わたしの問いに対する答になっている。そうにちがいない。公用アドレスから当たり障りのない返事を送っておいて、私用アドレスから暗号化されたメッセージを追加で送る。二重に安全策をとっている」

ディクソンが訊いた。「どんな暗号なの？」

「ヘンドリックスのセカンドアルバムの六曲目に関係している」

リーチャーは言った。「ヘンドリックスのセカンドアルバムはなんだった？」

オドンネルが言った。「《エレクトリック・レディランド》だったか？」

「それはもっとあとのアルバムよ」ディクソンが言った。「ファーストアルバムは《アー・ユー・エクスペリエンスト》だったわよね？」

「ジャケットに女のヌードが使われていたのはどっちだ」

「それは《エレクトリック・レディランド》」

「あのジャケットは大のお気に入りだった」

「いやらしい。まだ八歳だったくせに」

「もうすぐ九歳だった」

「それでもいやらしい」

リーチャーは言った。「《アクシス：ボールド・アズ・ラヴ》。それがセカンドアルバムだ」

「六曲目は？」ディクソンが訊いた。

「わからない」

〝状況が困難になると、強者は活躍する〟ということわざをもじって、オドンネルが言った。「状況が困難になると、強者は買い物をする」


四人はサンセット・ブールヴァードを東へ長いこと歩いたすえに、レコードショップを見つけた。店内は冷気と若者と大音量の音楽に満ちていて、ロック／ポップスの通路にHの一角があった。ジミ・ヘンドリックスのアルバムが四十五センチもの長さにわたって詰めこまれている。リーチャーも知っている古いアルバムが四つと、死後に発売されたアルバムがいくつかある。《アクシス：ボールド・アズ・ラヴ》も三つある。ひとつを引き抜いて裏返しにした。透明なフィルムで包装され、店のバーコードのラベルが収録曲一覧の下半分を覆うように貼りつけられている。

ふたつ目も同じだ。

三つ目も。

「取れ」オドンネルが言った。

「盗めと？」

「いや、フィルムを取れ」

「それはできない。われわれのものではない」

「警官を痛めつけておいて、店の包装を破くのは気が進まないのか？」

「それとこれとはちがう」

「だったらどうする？」

「買うさ。車の中で聞ける。車にはCDプレイヤーがあるものだろう？」

「百年前からあるわよ」ディクソンが言った。

リーチャーはCDを持ち、手榴弾の犠牲者よりもたくさんの金属を顔に埋めこんでいる女の後ろに並んだ。レジに行き、残った八百ドルから十三ドル抜きとり、生まれてはじめてデジタル製品の所有者になった。

「包装を剝がせ」オドンネルが言った。

しっかり包装されている。リーチャーは爪で隅を剝がし、歯でフィルムを破いた。すべて剝がすと、CDを裏返しにして収録曲一覧に指を這わせた。

「〈リトル・ウィング〉だ」と言う。

オドンネルは肩をすくめた。ニーグリーはわけがわからないという表情をしている。

「手がかりにはならないわね」ディクソンが言う。

「この曲は知っている」リーチャーは言った。

「お願いだから歌わないで」ニーグリーは言った。

「つまり、どういうことだ？」オドンネルは言った。

リーチャーは言った。「ニューエイジはリトル・ウィングという名の兵器システムを作っているということだ」

「それは明らかだな。だが、リトル・ウィングの正体がわからないかぎり、手がかりにはならない」

「航空関連に思えるな。無人機のたぐいとか」

「だれも聞いたことがないの？」ディクソンが尋ねた。「どう？」

オドンネルは首を横に振った。

「わたしも聞いたことがない」ニーグリーは言った。

「それなら、ほんとうに最高機密なのね」ディクソンは言った。「ワシントンＤＣの人間も、ウォール・ストリートの人間も、ニーグリーの知人の全員も、口を滑らせていないんだから」

リーチャーはＣＤのケースを開こうとしたが、開く側に沿ってタイトルのラベルが貼りつけられていた。爪を立てると、べたつく小片に破れて剝がれた。

「レコード業界が苦境にあるのも不思議ではないな」という。「商品を気軽に楽しめるようにしていない」

ディクソンは訊いた。「これからどうする？」

「Eメールにはなんと書いてあった？」

「それはあなたも知っているでしょうに」

「だがきみはどうだ？」

「何が言いたいの？」

「なんと書いてあった？」

「ヘンドリックスのセカンドアルバムの六曲目を探せと」

「ほかには？」

「ほかには何も」

「いや、なるべく早く電話をかけてくれるとうれしいと書いてあった」

「ばかげている」ニーグリーが言った。「Eメールで教えようとしないのに、どうして電話なら教えるの？」

「自分に電話をかけてくれとは書いていなかった。ああいう暗号文では、すべてのことばが意味を持つ」

「それなら、だれに電話をかけろと？」

「だれかいるはずだ。きみには力になってくれる知り合いがいることを、このペンタゴンの知人は知っている」

「だれがこういう件で力になってくれるのよ？　ペンタゴンの知人が力になってくれないのに」

「きみの知り合いだと、このペンタゴンの知人が把握している人物は？　ワシントンDCの人間かもしれない。そのことばが出てきたわけだし、すべてのことばが意味を持つ」

　ニーグリーは〝だれもいない〟と言いかけた。否定の語が喉から発せられようとしている。だが、そこでニーグリーは固まった。

「女がひとりいる」と言う。「ダイアナ・ボンドという名の。共通の知り合いよ。連邦議会の議員のために働いている。その議員は下院軍事委員会の委員を務めている」

「それだ。その議員の名は？」

　ニーグリーは有名だが人気のない名前を言った。

「あんなろくでなしのために働いている人間と友人なのか？」

「友人だったら困る」

「だれだって働かないといけないのよ、リーチャー。あなたはちがうみたいだけど」

「ともあれ、その女のボスが小切手にサインする以上、説明を受けたはずだ。つまり、ボスはリトル・ウィングの正体を知っている。それならその女も知っている」

「極秘でなければの話よ」

「その議員はひとりでは自分の名前も綴（つづ）れないさ。断言するが、議員が知っているのなら、その女も知っている」

「わたしに教えるとは思えない」

「教えるとも。強硬手段に出ればいい。その女に電話をかけて、リトル・ウィングという名前が広まっているんだが、リーク元はあんたのボスの事務所だと新聞に伝えようかと思っている、黙っていてもらいたければ知っていることをすべて教えろと言えばいい」

「汚いやり方ね」

「駆け引きだ。その女だって、あんな男のために働いているのなら、こういう手管と無縁のはずがない」

「ほんとうにそんなことをやらなければならないの？　意味があるの？」

「知っていることが多いほど、幸運をつかみやすくなるものだ」

「巻きこみたくない」

「あんたのペンタゴンの知人がそれを望んでいるんだ」オドンネルが言った。

「それはリーチャーの推測にすぎない」

「いや、ただの推測じゃない。Eメールを思い返してみろ。六曲目は躍動感があってずば抜けていたと書いてあった。これは不自然な言いまわしだ。すごくよかったと書くだけでかまわなかったのに。それか、すばらしかったとか。それか、単にずば抜けていたとか。それなのに、躍動感があってずば抜け（ダイナミカリー・ブリリアント）ていたとわざわざ書き、dとbの文字を使っている。そのダイアナ・ボンドとかいう女のイニシャルと同じだ」

38

ダイアナ・ボンドにはひとりで電話をかけたいとニーグリーは言った。そしてホテルに戻ると、ロビーの奥の隅に陣どり、何度も電話をかけたりかけ直したりしていた。それから真剣な口調で話しこんでいた。二十分後にようやく電話を終えた。顔にはわずかに嫌悪感が表れている。身ぶりにはわずかに不快感が表れている。だが、いくらかの昂揚感もにじみ出ている。

「居場所を突き止めるのに時間がかかった」ニーグリーは言った。「そう遠くないところにいる。エドワーズ空軍基地に二、三日滞在している。大がかりなプレゼンテーションのたぐいがあって」

オドンネルが言った。「だからペンタゴンの知人は、なるべく早く電話をかけてくれと言ったんだな。ダイアナ・ボンドがカリフォルニアにいるのを知っていたから。すべてのことばが意味を持つ」

「ダイアナ・ボンドはなんと言っていた？」リーチャーは訊いた。

「ここに来るそうよ」ニーグリーは言った。「顔を合わせて話したいらしくて」

「ほんとうか？」リーチャーは言った。「いつ？」

「抜け出せたらすぐに」

「驚いたな」

「確かに。リトル・ウィングはよほど重要なものにちがいない」

「こんな電話をかけさせられて、うんざりしたか？」

ニーグリーはうなずいた。「何もかもうんざりよ」


四人はニーグリーの部屋に行き、地図を眺めながら、ダイアナ・ボンドが早くて何時に着くかを予想した。エドワーズ空軍基地はサン・ゲイブリエル山脈の向こうの、モハーヴェ砂漠に位置する。ここから百十キロほど北東で、パームデールとランカスターを経て、フォート・アーウィンまでの道のりを半分ほど行ったところにある。ボンドがすぐに抜け出せたとしても、少なくとも二時間は待たされるだろう。すぐに抜け出せなければ、もっと待たされる。

「散歩に行ってくる」リーチャーは言った。

オドンネルが言った。「おれも行く」

ふたりはふたたびサンセット・ブールヴァードを東へ歩き、ウェスト・ハリウッドと本来のハリウッドの境に行った。時刻は昼さがりで、リーチャーは刈りこんだ髪を通して太陽に頭があぶられるのを感じた。日光が汚染された空気のきらめく粒子のあいだで跳ね返るうちに、いっそう強くなっているかに感じる。

「帽子を買うべきだな」と言う。

「もっとましなシャツを買うべきだ」オドンネルは言った。「いまなら一着くらいは買えるだろうに」

「そうするかな」

〈タワーレコード〉に行く途中で素通りした店に目をつけた。人気のチェーン店のようだ。商品がゆとりを持って陳列されている淡い色のショーウィンドウは手がこんでいるが、高級店ではない。コットンの服や、ジーンズや、チノパンや、シャツや、Tシャツを売っている。野球帽も。新品なのに古びていて、千回も洗濯したように見える。リーチャーは文字がはいっていない青い野球帽を手に取った。文字がはいっている衣類は買ったことがない。あまりにも長く制服を着ていたからだ。名札とか、階級章とか、略語とかを十三年間も体中に貼りつけていた。

野球帽の後ろのアジャスターをゆるめ、試着した。

「どう思う？」と訊く。

オドンネルは言った。「鏡を見ればいい」

「鏡に映る姿はどうでもいい。わたしの恰好を笑うのはおまえだからだ」

「いい帽子だ」

リーチャーは帽子をかぶったまま店内を歩き、Tシャツが積みあげられた丈の低いテーブルに行った。テーブルの中央にトルソーが置かれ、淡い緑と濃い緑のTシャツ二着を重ね着している。下に着たシャツが裾と袖と襟からのぞいている。重ね着すると、重厚感があって頼もしい。

リーチャーは訊いた。「どう思う？」

「はやりの着こなしだ」オドンネルは言った。

「サイズは変える必要があるのか？」

「大丈夫だろう」

リーチャーはどちらもXXLサイズの、薄い青と濃い青を選んだ。帽子を脱ぎ、三つの商品をレジに持っていく。袋はことわって、値札を嚙み切り、店のど真ん中でボウリング向けのシャツを脱いだ。エアコンの冷気に裸の上半身をさらしながら待った。

「ごみ箱はあるかな」と訊く。

レジ係の女はかがみ、袋を内側にかぶせたプラスチック製のごみ箱を出した。リーチャーは古いシャツをそこにほうりこみ、新しいシャツを順々に着た。裾を下に引っ張り、肩をまわして体になじませると、野球帽をかぶった。それから通りに戻った。東へ向かう。

オドンネルは尋ねた。「あんたは何から逃げているんだ？」

「何からも逃げてなどいないが」

「古いシャツはとっておいてもよかったのに」

「歯止めが利かなくなる」リーチャーは言った。「替えのシャツを持ち歩くようにしたら、じきに替えのズボンも持ち歩くようになる。するとスーツケースが要る。気がつけば家と車を持っていて、貯蓄計画を立て、もろもろの書類に記入しているだろう」

「世間の人々はそうしている」

「わたしはちがう」

「だったら、いま言ったが、何から逃げている？」

「世間の人々と同じようになることからだろうな」

「おれは世間の人々と同じだ。家と車を持っていて、貯蓄計画を立てている。書類も記入している」

「それがおまえにとって都合がいいのならかまわないさ」

「おれは平凡だと思うか？」

リーチャーはうなずいた。「そういう点では」

「だれもがあんたのようになれるわけじゃない」

「それはむしろ逆だ。実際は、われわれのうちで、おまえのようになれる人間はひと握りしかいない」

「あんたもおれのようになりたいのか？」

「なりたいかどうかという問題ではない。とにかくなれないいんだよ」

「なぜ？」

「わかったよ、わたしは逃げている」

「何から？　おれのようになることから？」

「かつての自分とちがう人間になることから」

「だれだってかつての自分とはちがう」

「だれもがそれを好んで受け入れなければならないわけではない」

「おれは好んで受け入れてはいない」オドンネルは言った。「それでも、折り合いをつけている」

リーチャーはうなずいた。「おまえはたいしたものだよ、デイヴ。本気でそう思う。わたしが心配しているのは自分のほうだ。おまえやニーグリーやカーラを見ていると、自分が落伍者のように思える」

「ほんとうか？」

「いまのわたしを見ろ」

「おれたちが持っていてあんたが持っていないのはスーツケースだけだ」

「だとしても、わたしが持っていておまえたちが持っていないものがあるか？」

オドンネルは答えない。アメリカ第二の都市が午後の半ばを迎えるころ、ふたりはヴァイン・ストリートを北へ曲がった。そして走行中の車から拳銃を手にしたふたりの男が飛び出してくるのを見た。

39

　車はレクサスの真新しい黒のセダンだ。三十メートルほど前方の歩道にふたりの男をおろすと、レクサスはすぐさま再加速した。男たちは蠟人形館の裏の空き地にいた集金係と保管係だ。拳銃はＡＭＴハードボーラー。四五口径のオートマチック拳銃であるコルト・ガバメントＭ１９１１のステンレス鋼製のコピー品にあたる。それを持つ手は少し震えていて、水平に掲げて横に九十度倒すという、映画で折り紙付きのチンピラの構え方をしている。

　オドンネルは即座に両手をポケットに突っこんでいる。

「狙いはおれたちか？」と言う。

「狙いはわたしだ」リーチャーは言った。背後に目をやる。構え方のなっていない四五口径の拳銃で三十メートルの距離から撃たれても被弾する恐れは小さい。リーチャーは標的としては大きいが、統計が味方をしている。拳銃は屋内用の武器だ。熟練者が使用しても、重圧のかかる状況では、まともに交戦できる平均距離は三・三メートル程度だと言われている。とはいえ、リーチャーは被弾しなくても、ほかのだれかが被弾するかもしれない。あるいはほかの何かが。一ブロック離れたところにいる人とか、もしかしたら低空飛行中の飛行機とかが。付随的損害だ。この通りには流れ弾を浴びかねない人たちがたくさんいる、男、女、子供、そしてどこに分類すればいいのかよくわからない人たちが。

また前を向いた。ふたりの男はさほど近づいていない。せいぜい二、三歩だ。オドンネルの視線は男たちに固定されている。

「この通りから誘い出したほうがいいな、デイヴ」リーチャーは言った。

オドンネルは言った。「了解」

「左に移動するぞ」リーチャーは言った。横に歩き、思いきって左に目をやる。最寄りのドアはタロット占いの狭い店に通じている。頭が冷徹に高速で回転している。自分はいつもどおりに動いているのに、まわりの世界の動きが遅くなっている。歩道が四次元の図形と化している。前、後ろ、左右、時間の。

「すみやかに一メートルさがって左に行け、デイヴ」と言う。

オドンネルは目が見えない人のような動きだ。視線をふたりの男にしっかりと向けたまま、そらさない。リーチャーの声を聞くと、すばやく後退し、左に移動した。リーチャーがタロット占いの店のドアを引いて押さえると、オドンネルはリーチャーの体をまわりこんで店の中に進んだ。ふたりの男が追ってくる。距離は二十メートルにまで縮まっている。リーチャーもオドンネルにつづいて中に体を押しこんだ。タロット占いの店は客がおらず、十九歳ぐらいの女がテーブルの席にひとりですわっているだけだ。テーブルはダイニングルームにありそうな品で、長さは二メートル強あり、床まで届く赤い布が掛けられている。カードの束がその上に散らばっている。女は黒っぽい髪を長く伸ばし、植物染料が全身の肌にまでにじんでいそうな紫色のチーズクロスのドレスを着ている。

「奥に部屋はあるか？」リーチャーは女に訊いた。

「トイレしかありませんけど」女は言った。

「そこに行って、床に伏せていろ。いますぐ」

「どういうことなんです？」

「さあな」

女は動かなかったが、そこでオドンネルがポケットから両手を出した。右手のこぶしにはサメの笑みのようなブラスナックル。左手には飛び出しナイフ。閉じられていた刃が骨の折れるような音を立てて開いた。女は跳びあがって逃げ出した。ヴァイン・ストリートで働くヒスパニック系の女。身を守るすべは知っているようだ。

オドンネルが言った。「あいつらは何者なんだ」

「このシャツの代金を出してくれた連中さ」

「面倒なことになりそうか？」

「もしかしたら」

「策は？」

「ハードボーラーは好みか？」

「何もないよりはましだ」

「よし、こうしよう」リーチャーはテーブルクロスの縁をめくり、しゃがんで膝を突くと、後ろ向きにテーブルの下に潜りこんだ。左側にオドンネルがはいってきて、テーブルクロスをもとに戻した。布にナイフをあて、横に軽くひと振りして、前に切れ目を入れる。指でそれを目の形に広げる。それからリーチャーの前の布も同じようにした。リーチャーはテーブルの裏に左右の手のひらを押しあてた。オドンネルもナイフを右手に持ち替え、左手を同じようにあてがった。

そして待った。

男たちは八秒もしないうちに店の前に来た。足を止め、ガラス越しに中をのぞきこんでから、ドアを引いてはいってくる。テーブルの二メートル弱手前でまた足を止めた。銃をまっすぐに突き出し、グリップを床と平行になるように倒して。

慎重に一歩進む。

また足を止める。

オドンネルの右手はブラスナックルがはめられ、ナイフも握っているが、テーブルの下で自由に動かせる手はそれだけだ。オドンネルはその手を秒読みのために使った。親指、人差し指、中指。一、二、三。

三でリーチャーとオドンネルはテーブルを斜め上に投げ飛ばした。テーブルが一メートル上方、一メートル前方へ向かって、すさまじい勢いで四分円を描く。垂直に起こされた天板がまず銃に激突し、そのまま飛んでふたりの男の胸と顔を直撃した。重いテーブルだ。堅固な木材が使われている。オーク材かもしれない。テーブルはふたりの男をいともたやすく押さえこんだ。タロットカードが宙を漂う中、男たちは仰向けに倒れ、赤い布がからまった厚板の下で動けずにいる。リーチャーは立ちあがり、上下逆になったテーブルを踏みつけ、サーフボードのように乗った。それから何度か飛び跳ねた。オドンネルはリーチャーの体重がかかっていないタイミングを見計らい、テーブルを蹴って二十センチほどずらした。ふたりの男の上半身が現れ、銃を持っている手にこちらの手が届くようになる。オドンネルはハードボーラーを二挺（ちょう）とも奪うと、飛び出しナイフでふたりの男の親指を網目状に切り裂いた。ひどく痛むし、治るまではとても銃を握る気にはなれない。栄養と消毒しだいだが、傷が癒えるまでには長い時間がかかるだろう。リーチャーは軽く笑みを浮かべた。このテクニックは自分の部隊の標準任務規定のひとつだった。が、すぐに笑みは消えた。発案したのはジョージ・サンチェスだったと思い出したからだ。そのジョージ・サンチェスはどこかの砂漠で死んでいる。

「たいして面倒なことにはならなかったな」オドンネルは言った。

「まだ腕はなまっていない」リーチャーは言った。

オドンネルはセラミックのコレクションをポケットに戻し、ハードボーラーの一挺をスーツの上着の下のウェストに差した。もう一挺を渡されたリーチャーは、ズボンのポケットに押しこんで、Tシャツで覆い隠した。それからふたりは日光のもとに出て、ヴァイン・ストリートをふたたび北へ向かい、ハリウッド・ブールヴァードを西に曲がった。


〈シャトー・マーモント〉のロビーでカーラ・ディクソンが待っていた。

「カーティス・モーニーから連絡があった」と言う。「フランツの郵便物を入手したあなたの機転に感心したみたい。それでラスヴェガス市警にサンチェスとオロスコのオフィスを改めて捜索させた。何か見つかったらしいわよ」

40

三十分後、モーニー本人が現れた。ロビーのドアからはいってくるその姿はやはり疲れていて、やはり古びた革のブリーフケースを携えている。腰をおろすと、モーニーは尋ねた。「エイドリアン・マウントとは何者だ？」

リーチャーは顔をあげた。アズハリ・マフムード、エイドリアン・マウント、アラン・メイソン、アンドリュー・マクブライド、アンソニー・マシューズ。シリア人とその四つの偽名。こちらがその情報をつかんでいることをモーニーは知らない。

「見当もつかない」と言った。

「ほんとうか？」

「ほんとうだ」

モーニーは膝の上でブリーフケースのバランスをとり、蓋をあけて紙を一枚取り出した。それを手渡す。文字がぼやけ、かすれている。コピーをファックスしたものか、ファックスをコピーしたものに見える。いちばん上には〝国土安全保障省〟と記されている。だが、公式のレターヘッドとは書体がちがう。無味乾燥なMS－DOSのスクリプトだ。コンピュータのファイルから一部を切りとったように見える。それによれば、エイドリアン・マウントという名の人物がブリティッシュ・エアウェイズのロンドン発ニューヨーク行きの便を予約している。予約が確定したのは二週間前で、便は二日前だ。ファーストクラス、片道、ヒースロー空港発JFK空港行き、2Kの席、その日の最終便、高額、正規のクレジットカードで支払われている。ブリティッシュ・エアウェイズのイギリスのウェブサイトを通じて予約されているが、実際に世界のどこでマウスがクリックされたかは断定できない。

「これが郵便で届いたのか？」リーチャーは尋ねた。

モーニーは言った。「サンチェスとオロスコのファックス機のメモリーに保存されていた。送信されたのは二週間前だ。ファックス機は紙が切れていた。だが、二週間前にはもう、サンチェスとオロスコは姿を消していた。したがって、ふたりは少なくともその一週間前に問い合わせていたはずで、これはその返事だろう。ふたりはいくつかの名前を非公式の監視リストに載せていたのだと思う」

「いくつかの名前を？」

「最初の問い合わせらしきものを発見した。ふたりはフランツとまったく同じように、メモを自分たち宛に郵送することを繰り返していた。そこに四つの名前が記されている」モーニーはブリーフケースから紙をもう一枚出した。無地の紙のコピーで、マニュエル・オロスコの筆跡で細長い字が一面に書かれている。〝エイドリアン・マウント、アラン・メイソン、アンドリュー・マクブライド、アンソニー・マシューズの入国をDHSに問い合わせる〃。急いで書いたぞんざいな殴り書きだ。もともとオロスコは字がうまかったわけではないが。

四つの名前。五つではない。アズハリ・マフムードの本名が載っていない。マフムードの正体がなんであれ、旅の際は偽名を使うはずだとオロスコは読んだのだろう。使わないのなら偽名を持っている意味がない。

「DHS」モーニーは言った。「国土安全保障省（デイパートメント・オブ・ホームランド・セキュリティ）。民間人が国土安全保障省から協力を引き出すのがどれほど困難か、知っているかね？　きみの友達のオロスコは、よほどたくさんの貸しを取り立てたにちがいない。それか、よほどたくさんの賄賂を贈ったにちがいない。わたしが知りたいのはその理由だ」

「カジノがらみかもしれない」

「その可能性はある。しかし、ニューヨークに悪党が現れたところで、ラスヴェガスの警備会社は必ずしも心配しない。もっと近いアトランティックシティにもカジノはあるから、ニューヨークに来たらふつうはそちらに向かうだろう。対岸の火事だ」

「カジノ業界は情報を共有しているのかもしれない。ネットワークがあるのかもしれない。悪党がまずニュージャージー州に行ってから、つぎにラスヴェガスに来ることだって考えられる」

「その可能性はある」モーニーはふたたび言った。

「このエイドリアン・マウントという男は、ほんとうにニューヨークに来たのか？」

モーニーはうなずいた。「第四ターミナルから入国したことが移民局のコンピュータに記録されている。深夜だったから、第七ターミナルはすでに業務を終了していた。便が遅延したようだ」

「それからどうなった？」

「男はマディソン・アヴェニューのホテルにチェックインした」

「それから？」

「行方をくらました。足どりはそこで途絶えている」

「しかし？」

「リストのつぎの名前をあたった。アラン・メイソンはコロラド州のデンヴァーに飛んでいる。そしてダウンタウンのホテルの部屋をとっている」

「それから？」

「まだわかっていない。調査中だ」

「だが、すべて同一人物だと考えているんだな？」

「どう考えても同一人物だろう。イニシャルが動かぬ証拠だ」

リーチャーは言った。「その程度で動かぬ証拠になるのなら、わたしでも連邦最高裁の長官になれるぞ」

「きみの態度はまさにそんな感じだがな」

「それで、この男は何者なんだ」

「わからない。移民局の入国審査官も覚えていない。あの第四ターミナルの審査官は、一日に一万人もの顔を見るからな。ニューヨークのホテルの従業員も覚えていない。デンヴァーにはまだ訊いていない。だが、どうせ覚えていないだろう」

「入国審査の際に、顔写真を撮影されたのでは？」

「いまそれを入手しようと努めている」

リーチャーは一枚目のファックスをまた見た。国土安全保障省のデータ。事前旅客情報。

「イギリス人だ」と言う。

モーニーは言った。「そうとはかぎらない。イギリスのパスポートを少なくとも一冊持っているのは確かだが、それだけだ」

「これからどうするつもりだ」

「まずわれわれも監視リストを作る。いずれアンドリュー・マクブライドなりアンソニー・マシューズなりがどこかに現れるだろう。そうすれば、少なくともこの男の行き先はわかる」

「われわれに協力してもらいたいことはあるか？」

「これらの名前に聞き覚えはあるか？」

「ない」

「どこかにイニシャルがＡ・Ｍの友人はいるか？」

「記憶にない」

「敵は？」

「いないと思う」

「オロスコはこのイニシャルの人物をだれか知っていたか？」

「わからない。オロスコとは十年も話していなかった」

「読みちがえていたことがひとつある」モーニーは言った。「オロスコの手足を縛っていた紐の件だ。詳しく調べさせた。どこにでもあるような品ではなかった。インド亜大陸のサイザル麻で作られた製品だった」

「どこなら手にはいる？」

「アメリカではいっさい販売されていない。インドから輸出された何かを縛っていたものがまぎれこんだにちがいない」

「何かというと？」

「巻いたカーペットとか、梱包（こんぽう）された綿生地とかだろう」

「情報提供に感謝する」

「どういたしまして。お悔やみを申しあげる」


　モーニーがホテルを出ると、四人はディクソンの部屋に行った。これといった理由もなく。状況はいまも行き詰まっている。とはいえ、どこかに行かないわけにはいかない。オドンネルは飛び出しナイフの血を拭ってから、いつもの綿密なやり方で、奪いとったハードボーラーを調べた。ここからほど近いカリフォルニア州アーウィンデールのＡＭＴが製造している銃だ。被甲した四五口径の弾薬が全弾装填されている。状態はよく、なめらかに作動する。磨かれ、油を差され、傷もないから、ごく最近盗まれた可能性が高い。麻薬の密売人は武器の手入れをしないのがふつうだ。この銃の唯一の欠点は、一九一一年から出まわっているオリジナルモデルの忠実なコピー品であることだろう。弾倉の装弾数は七発のみで、六連発拳銃ばかりの世界ではそれでも充分すぎただろうが、最近の十五発以上を装填できる銃には太刀打ちできない。

「がらくたね」ニーグリーが言った。

「石を投げるよりはましだ」オドンネルが言った。

「わたしの手には大きすぎる」ディクソンが言った。「わたし自身はグロック19のほうが好み」

「わたしは撃てればなんでもいい」リーチャーは言った。

「グロックは十七発装填できる」

「頭ひとつに弾一発で足りる。これまでに十七人にいっせいに狙われるような事態はなかった」

「これからはあるかもしれないわよ」

アンドリュー・マクブライドと名乗っている黒っぽい髪の四十がらみの男は、デンヴァー空港内で地下鉄に乗っていた。時間を潰さなければならなかったから、メインターミナルと終点のコンコースCとのあいだを何度も往復している。ジャグバンドの車内チャイムを楽しみながら。肩の荷がおり、身軽に、自由になったように感じる。荷物は最小限になった。もう重いスーツケースは運んでいない。一泊用のキャリーケースとブリーフケースだけだ。船荷証券はハードカバー大に折ってブリーフケースにしまってある。南京錠の鍵は安全なポケットに入れてファスナーを閉めてある。

紺のスーツを着た男は紺のクライスラーのセダンの車内から携帯電話で連絡した。

「連中はホテルに戻りました」と言う。「四人とも」

「われわれに迫っていると思うか？」ボスは訊いた。

「わかりません」

「直感では？」

「ええ、迫っていると思います」

「わかった、そろそろ始末するべきだな。連中はほうっておいて、こちらに来い。
二、三時間のうちに行動を起こすぞ」

41

オドンネルが立ちあがり、ディクソンの部屋の窓際に行って訊いた。「これまでにわかったことは？」

かつて幾度となく繰り返された問いだ。特別部隊の標準任務規定で大きな部分を占めていた。捨てがたい習慣のように。つねに状況を振り返れとリーチャーは口を酸っぱくして言ったものだ。収集した情報を精査し、整理し、吟味し、再検討し、その後の事態と照らし合わせて新たな角度から注視しろと。しかし、今回はだれも答えない。ディクソンが「これまでにわかったのは、四人の友人が死んだことだけ」と言っただけだった。

部屋が静まり返る。

「夕食にしましょう」ニーグリーが言った。「残ったわたしたちが飢え死にしても意味はない」

夕食。リーチャーは二十四時間前に行ったハンバーガーショップを思い返した。サンセット・ブールヴァード、騒がしい音楽、分厚いビーフパテ、冷えたビール。四人掛けの丸テーブル。会話。四人のあいだでひっきりなしに入れ替わっていた場の中心。つねにひとりが話し手、三人が聞き手で、いわば動くピラミッドがあちらにまわったりこちらにまわったりしていた。

ひとりが話し手、三人が聞き手。

「まちがいだ」と言った。

ニーグリーは言った。「食事をするのはまちがいだと？」

「いや、食べたければ食べればいい。だが、われわれは誤解している。大きな思いちがいをしている」

「どこで？」

「ひとえにわたしの責任だ。わたしがまちがった結論に飛びついてしまった」

「どんな？」

「なぜフランツの依頼主は見つからない？」

「わからない」

「フランツには依頼主などいなかったからだ。われわれは誤解した。フランツの死体が最初に発見されたから、深く考えることなく、この件はすべてフランツが中心にいると思いこんでしまった。フランツが当然、牽引役（けんいんやく）だったかのように。フランツが話し手であり、ほかの三人は聞き手であったかのように。しかし、フランツが話し手でなかったとしたら？

「それならだれなの？」

「フランツは特別な人物のためでないかぎり、わが身を危険にさらさないと、われわれは前から話していた。なんらかの恩があったのでないかぎり、そんなことはしないと」

「でも、それだとやはり、フランツこそが牽引役だったということになってしまう。依頼主が見つからないだけで」

「いや、われわれは完全にまちがった階層構造を想像していたんだよ。まず依頼主、つぎにフランツ、それからフランツに協力していたほかの三人という構造だったとはかぎらない。実際には、フランツはこの序列のもっと下にいたと思う。頂点にいたわけではない。わたしの言っていることがわかるか？　実際には、フランツがほかのだれかに協力していたとしたら？　話し手ではなく、聞き手だったとしたら？　この件はすべて、もともとはオロスコの仕事だったとしたら？　オロスコの依頼主のためだったとしたら？　あるいはサンチェスの？　このふたりが助けを求めるとしたら、だれに連絡する？」

「フランツとスワンに」

「そのとおり。われわれは最初からまちがっていた。発想を逆転しなければならない。オロスコあるいはサンチェスから、フランツに緊急連絡があったとしたら？　フランツがふたりを特別な人物と見なしているのはまちがいない。なんらかの恩があるのもまちがいない。依頼主ではなくても、ことわれるわけがない。アンジェラやチャーリーがどう思おうと、仲間に加わり、力を貸さずにはいられない」

部屋が静まり返る。

リーチャーは言った。「オロスコは国土安全保障省と接触した。これはそう簡単にはできないことだ。そしてこれは、われわれが知るかぎりでは、唯一の先を見越した行動でもある。これに比べれば、フランツの働きは少ない」

オドンネルが言った。「モーニーたちはオロスコがフランツより前に死んだと考えている。これは重要かもしれないな」

「そうよ」ディクソンが言った。「フランツの仕事だったのなら、オロスコに重要な調査を頼むとは思えない。フランツのほうが慣れているから、自分でこなせたはず。そういうところも、流れが逆だったことを証明しているんじゃない？」

「示唆はしているな」リーチャーは言った。「だが、同じ誤りを繰り返してはならない。牽引役はスワンだった可能性もある」

「スワンは働いていなかった」

「それなら、オロスコではなく、サンチェスだった可能性もある」

「ふたりの両方が牽引役だった可能性のほうが高い」

ニーグリーが言った。「だとすれば、この件はここロサンゼルスじゃなくて、ラスヴェガスからはじまったことになる。あの数字はカジノに関係しているかもしれないのでは?」

「可能性はある」ディクソンは言った。「何者かが必勝法を編み出し、そのために急落したカジノ側の勝率かもしれない」

「一日に九回、十回、十二回とプレイされるゲームにはどんなものがある?」

「ほぼすべてのゲームよ。最低回数とか最高回数とかはない」

「カード?」

「必勝法がらみなら、十中八九はカードでしょうね」

オドンネルがうなずいた。「一回あたり平均十万ドルの賭け金で、六百五十回も確率を無視して勝ったのなら、確かに注意を引くだろうな」

ディクソンは言った。「だれかひとりが四ヵ月連続で六百五十回も勝つのを、カジノが許すわけがない」

「だったらひとりじゃないのかもしれない。徒党を組んでいるのかもしれない」

ニーグリーが言った。「ラスヴェガスに行く必要があるわね」

　そのとき、ディクソンの部屋の電話が鳴った。ディクソンが応対する。本人の部屋なのだから、本人の電話だ。少し耳を傾けてから、受話器をリーチャーに渡した。

「カーティス・モーニーよ」と言う。「あなたに代われと」

　リーチャーが受話器を受けとって名乗ると、モーニーは言った。「つい先ほど、アンドリュー・マクブライドがデンヴァーで飛行機に乗った。ラスヴェガスへ向かっている。これを教えたのは、純粋に親切心からだ。だからそこを動くな。勝手な行動は控えろ。いいな？」


（以下、下巻）

|著者| リー・チャイルド　1954年イングランド生まれ。地元テレビ局勤務を経て、'97年に『キリング・フロアー』で作家デビュー。アンソニー賞最優秀処女長編賞を受賞し、全米マスコミの絶賛を浴びる。以後、ジャック・リーチャーを主人公としたシリーズは現在までに27作が刊行され、いずれもベストセラーを記録。本書は11作目にあたる。

|訳者| 青木 創　1973年、神奈川県生まれ。東京大学教養学部教養学科卒業。翻訳家。訳書に、ハーパー『渇きと偽り』『潤みと翳り』、モス『黄金の時間』、ジェントリー『消えたはずの、』、メイ『さよなら、ブラックハウス』、ヴィンター『愛と怒りの行動経済学』、ワッツ『偶然の科学』、チョウドゥリー『謎解きはビリヤニとともに』(以上、早川書房)、メルツァー『偽りの書』(角川書店)、トンプソン『脳科学者が教える 本当に痩せる食事法』(幻冬舎)、フランセス『〈正常〉を救え』(講談社) など。

消えた戦友(上)

リー・チャイルド | 青木 創 訳
© Hajime Aoki 2023

講談社文庫
定価はカバーに
表示してあります

2023年8月10日第1刷発行

KODANSHA

発行者――髙橋明男
発行所――株式会社　講談社
東京都文京区音羽2-12-21　〒112-8001
電話　出版　(03)　5395-3510
　　　販売　(03)　5395-5817
　　　業務　(03)　5395-3615
Printed in Japan

デザイン―菊地信義
本文データ制作―講談社デジタル製作
印刷―――株式会社KPSプロダクツ
製本―――株式会社国宝社

落丁本・乱丁本は購入書店名を明記のうえ、小社業務あてにお送りください。送料は小社負担にてお取替えします。なお、この本の内容についてのお問い合わせは講談社文庫あてにお願いいたします。

本書のコピー、スキャン、デジタル化等の無断複製は著作権法上での例外を除き禁じられています。本書を代行業者等の第三者に依頼してスキャンやデジタル化することはたとえ個人や家庭内の利用でも著作権法違反です。

ISBN978-4-06-532200-0

講談社文庫刊行の辞

二十一世紀の到来を目睫に望みながら、われわれはいま、人類史上かつて例を見ない巨大な転換期をむかえようとしている。

世界も、日本も、激動の予兆に対する期待とおののきを内に蔵して、未知の時代に歩み入ろうとしている。このときにあたり、創業の人野間清治の「ナショナル・エデュケイター」への志を現代に甦らせようと意図して、われわれはここに古今の文芸作品はいうまでもなく、ひろく人文・社会・自然の諸科学から東西の名著を網羅する、新しい綜合文庫の発刊を決意した。

激動の転換期はまた断絶の時代である。われわれは戦後二十五年間の出版文化のありかたへの深い反省をこめて、この断絶の時代にあえて人間的な持続を求めようとする。いたずらに浮薄な商業主義のあだ花を追い求めることなく、長期にわたって良書に生命をあたえようとつとめるところにしか、今後の出版文化の真の繁栄はあり得ないと信じるからである。

同時にわれわれはこの綜合文庫の刊行を通じて、人文・社会・自然の諸科学が、結局人間の学にほかならないことを立証しようと願っている。かつて知識とは、「汝自身を知る」ことにつきていた。現代社会の瑣末な情報の氾濫のなかから、力強い知識の源泉を掘り起し、技術文明のただなかに、生きた人間の姿を復活させること。それこそわれわれの切なる希求である。

われわれは権威に盲従せず、俗流に媚びることなく、渾然一体となって日本の「草の根」をかたちづくる若く新しい世代の人々に、心をこめてこの新しい綜合文庫をおくり届けたい。それは知識の泉であるとともに感受性のふるさとであり、もっとも有機的に組織され、社会に開かれた万人のための大学をめざしている。大方の支援と協力を衷心より切望してやまない。

一九七一年七月

野間省一

講談社文庫 最新刊

我孫子武丸
修羅の家
一家を支配する悪魔から、初恋の女を救い出せるのか。『殺戮に至る病』を凌ぐ衝撃作！

福澤徹三 糸柳寿昭
忌み地 屍〈怪談社奇聞録〉
樹海の奥にも都会の真ん中にも忌まわしき地はある。恐るべき怪談実話集。〈文庫書下ろし〉

夕木春央
サーカスから来た執達吏
大正14年、二人の少女が財宝の在り処と未解決事件の真相を追う。謎と冒険の物語。

行成 薫
さよなら日和
廃園が決まった遊園地の最終営業日。問題を抱えた訪問客たちに温かな奇跡が巻き起こる！

リー・チャイルド 青木 創 訳
消えた戦友(上)(下)
憲兵時代の同僚が惨殺された。真相を追うと尾行の影が。映像化で人気沸騰のシリーズ！

講談社タイガ
綾里けいし
人喰い鬼の花嫁
嫌がる姉の身代わりに嫁入りが決まった少女。待っていたのは人喰いと悪名高い鬼だった。

講談社文庫 最新刊

堂場瞬一
最後の光
〈警視庁総合支援課2〉
家庭内で幼い命が犠牲に。柿谷晶は、母親を支援しようとするが……。〈文庫書下ろし〉

佐藤多佳子
いつの空にも星が出ていた
時を超えて繋がるベイスターズファンたちの熱い人生の物語！ 本屋大賞作家が描く感動作！

望月麻衣
京都船岡山アストロロジー3
〈恋のハウスと檸檬色の憂鬱〉
この恋は、本物ですか？ 星読みがあなたの恋愛傾向から恋のサクセスポイントを伝授！

真保裕一
ダーク・ブルー
仲間の命を救うために女性潜航士が海底へ。決死のダイブに挑む深海エンタメ超大作！

西尾維新
悲業伝
絶対平和リーグが獲得を切望する『究極魔法』の正体とは!? 〈伝説シリーズ〉第五巻。

首藤瓜於
ブックキーパー 脳男(上)(下)
乱歩賞史上最強のダークヒーローが帰ってきた。警察庁の女性エリート警視と頭脳対決！

藤井邦夫
仇討ち異聞
〈大江戸閻魔帳(八)〉
行き倒れの初老の信濃浪人は、父の敵を狙い続ける若者を捜していたが。〈文庫書下ろし〉